小学館文庫

おばさん探偵 ミス・メープル

薔薇窓ホテルにて

柊坂明日子

小学館

Middle-aged Detective Miss Maple

CONTENTS

パク源を摂《と》っていないので、一瞬クラッときた。

今述べた楓子さんのお昼のメニューを聞いてわかるように、このところ庭の野草が楓子さんの主食となっているので、目眩《めまい》も起こすだろう。

立派なお屋敷に住みながら、今、楓子さんには贅沢《ぜいたく》をするお金がない。

株券を売ろうかとも考えたが、株価は楓子さんのお父さまが購入した時から、かなり値が下がっている。家の高価な壺《つぼ》やら洋食器類を売ってもいいが、どうせ足下を見られ二束三文にしかならないのだから、売りたくない。

先月頭に書き上げた小説は、六月発売だ。

ということは、印税はどんなに早くても七月にならないと入ってこない。

もちろん現在、銀行に行けばお金はあるが、六月末にドカンと払う固定資産税のことを考えると、なんだか怖くて貯金を崩す気にならない。今、楓子さんはかなり守りに入っていた。ゆえにこの頃は、来る日も来る日も、庭の野草やら果実やらを食べてしのいでいる。毎年四月は、だいたいこんな風である。

「ダメよっ。こんなんじゃだめ！　まずは腹ごしらえよ！　野草ばっかり食べてふらついてたら、運気もダダ下がりよ。こんな時こそ、自分に活をいれるつもりでヒレカツとかを食べないと！」

玄関に入って野草の入ったカゴをホールにおいた瞬間、楓子さんは目が覚めた。

「買い物に行かないと……。豚のヒレとか鶏《とり》の胸肉とか、カレー・シチュー用のブロック牛肉を買うわ。KINOKUNIYA《キノクニヤ》に行きたいけど（値段的に）今は無理。ちょっと遠出して『日安《にちやす》ニクニクスーパー』まで行くわっ！」

本当は『日安ニコニコスーパー』なのだが、今の楓子さんには、ニコニコがニクニクにしか読めない。この激安スーパーは、電動アシスト自転車で片道三十分かかるところにある。肉はもちろん野菜も日用品も、モノによってはKINOKUNIYAの半額以下なので、懐が寂しい時には強い味方だ。

楓子さんは二階のウォークインクローゼットまで駆け上がると、まずは宝石箱を開けた。そしてお母さまからのお下がりのダイヤの指輪を取り出す。二〜三カラットはある、かなりゴージャスなダイヤだ。金の台にも小ぶりのダイヤがぐるりと埋め込まれている。楓子さんは運気が下がっていると思う時、この大粒ダイヤの指輪をするようにしていた。心がキラキラしてくるらしい。いわゆるパワーストーンだ。そしていつものように、それを左の薬指にはめると、

「えっ!!　何コレっ。……指が痩せて……ゆるゆるに……なってる……」

どんだけ野草生活をしていたのかが、容易に推察できる出来事だ。

楓子さんはダイヤの指輪を左の中指にはめた。ここならぴったりだ。

そして、お気に入りのローラ アシュレイの春ものワンピに着替え、カーディガンをはおり、がま口をリュックに放り込むと、電動アシスト自転車に乗り、春の優しい木漏れ日の中へ飛び出していった。


日安ニコニコスーパーは、今日も激混みだった。

客層は、お子さま連れの若く可愛《かわい》い元気なママさんたち。

子供はいないけど、楓子さんは、子沢山のママさんたちにまぎれて、牛豚鶏、ベーコン、生ハム、卵、チーズ、ノルウェー・サーモン、フィッシュ&チップスにするための真ダラ、大正エビ、まだRのつくエイプリルの四月なので生牡蠣《なまがき》も買った（今時の牡蠣は一年中食べられるものが多いが、昭和な楓子さんは、牡蠣というものはRがつくSeptemberからAprilまでしか食べてはいけないと言われて育っているので、今月が一旦、牡蠣の食べ納めだと思っている）。

レジで精算を終え、ものすごい達成感とともに、楓子さんはスーパーを出た。

「私、貧乏に負けそうだったけど、そんな弱気の自分に勝ったわ。これだけ買えば、二週間は元気で過ごせそう。そうよ、食をケチったらダメだわ。食はすべての基本なのよ。どうしてこんな大切なことを忘れていたのかしら……」

吉井くんが来ないからだ。いつもは吉井くんが来るからと、肉やら魚やら、なんでもすぐ料理できるようにそろえていたのに……。

日安ニコニコスーパーの自転車置き場で、楓子さんはリュックからKINOKUNIYAの手提げ紙袋を二つ取り出した。そしてその紙袋に日安で買った戦利品をつめて、前のカゴ、後ろのカゴに一袋ずつ置く。

「ステキ……なんかこう、KINOKUNIYAで大人買いするセレブな奥様ってカンジ。この紙袋から、フランスパンなんかが顔をだしていると、完全なパリジェンヌよね。ボンジュール、世田谷のみなさん。私は《ジュスイ》デコ《デコ》、初めまして《アンシャンテ》、お元気《サバ》？」

独り暮らしが長い楓子さんは、独り言が多い。こういう発言は胸の内にとどめておいてもらいたいものだが、そういう世の中の常識は、楓子さんには通用しない。だってもう何十年も暮らしている世田谷なのに、アンシャンテって……。どんだけ外の世界と没交渉の生活をしてきたのだと、ツッコミが入りそうだ。

でも楓子さんは気にしない。今やっと、憂鬱の世界から脱出できたのだ。

「そうだわ!!　今夜は私、フィッシュ&チップスを揚げて、ビールも飲んじゃう！

気分はロンドンのコヴェント・ガーデンよ！　サバ？　なんて、フランス語でしゃべってる場合じゃないわ。私はこの瞬間からロンドナーなんだから、ハロー、ナイストゥミーチュー世田谷のみなさんっ!!」

どんどん自己肯定感が高まってゆく楓子さんだ。今だったら、素直な気持ちで聖子ちゃんの『チェリーブラッサム』を歌えるような気がする。

電動アシスト自転車は、どんな道もスイスイ行く。

前のカゴも後ろのカゴも荷物で重いのに、全然問題なく快調だ。

最高の気分で楓子さんが自転車を走らせていた、その時だった。徐々に徐々に後ろのタイヤがガタガタ言い始める。振動がすごい。デコボコしたところを走ると、直《じか》に体に響いてくる。お尻が痛い。これはおかしい、と、楓子さんは自転車を降り、後輪をチェックしてみると……。

「ウソ……なんで……」

日安ニコニコスーパーを出てまだ十分ちょっとだ。あと二十分は走らないといけないのに、パンクしている。タイヤはペコペコだ。

血の気が引いていく思いだった。後輪はパンクしているが、前輪は健在だ。楓子さんはまた自転車に乗って、だましだましペダルを踏んでみたが、地面からの衝撃が強すぎて走っていられない。しかもグラグラして危ない。乗って帰るのは無理だ。

「どうしたらいいの……？　このまま押して帰らないとダメなの？　このあたりに自転車屋さん、ないし……」

久しぶりに楓子さんは泣きそうだった。

やはりついていない。運気ダダ下がりの真っ最中だった。

でも、泣いている場合じゃない。少しでも前へ進んで、家に帰らないと。

楓子さんは口を真一文字に結んで、自転車を押しながら歩いた。

と、こういう時に限ってポツポツ雨が降ってくる。大好きなKINOKUNIYAの紙袋が雨で濡《ぬ》れていく。もう雨だからいいわ、と、楓子さんは人目もはばからず泣いた。情けないくらい、涙がポロポロこぼれてきた。けれど誰も楓子さんが泣いているなんて思わない。なりふり構わないおばさんが雨の中、自転車を押しているだけだ。

そして、素敵な花屋さんの前を通過した時だった。

「お嬢さん、どしたの？　そんなに濡れて……」

帆布でつくったブリティッシュ・グリーンのエプロンをしているお兄さんが、心配そうに駆け寄ってくれた。すぐに傘を広げて、楓子さんにさしかけてくれる。

「すみません、大丈夫です……ちょっと、自転車がパンクしちゃって……」

長そでの白いTシャツに、洗いざらしの水色のジーンズ。背が高くて細身で、灰色がかった薄茶の髪はベリー・ショート。ハードワックスで前髪を上げたアップ・バングにスタイリングしている。楓子さんとは生きる世界が違う、カッコいい人だ。

楓子さんはずぶ濡れの自分が、ただただ恥ずかしかった。

「電動アシスト自転車かー。これはパンクしちゃうと、キツイよね？」

けれどお兄さんはくったくなく親しげにしゃべりかけてくれる。

甘い、いい香りがした。花に囲まれた花屋さんだから、花の香りなのだろう。

よく見ると、お洒落《しゃれ》な花屋さんだ。グリーンの日よけシェードで全ガラス張りの店は、まるでロンドン、チェルシーの高級住宅街の街角にありそうな店だ。

「家、どこ？」

そう言うお兄さんの目は一重の切れ長で、ものすごく大きくて澄んでいる。瞳も淡い茶色をしていた。その美しい目でじっと見つめられると、居心地が悪い。吉井くんもそうとうイケメンだけれど、このお兄さんのハンサム度は次元が違う感じだ。

「ああ、いえ、あの、大丈夫ですから。ありがとう、ごめんなさい、心配かけて」

楓子さんが逃げ腰で去ろうとすると、

「こういう時、女の子は遠慮しちゃだめなんだよ」

は？　女の子？　アラフィフの楓子さんは、あたりを見回した。自分以外に、そばには誰一人いない。

「オレが送って行くよ。ちょっと待ってて」

彼は楓子さんの自転車を店の前に移動させると、隣にあるガレージから業務用のトヨタ・ハイエースを出してきて、その後部に重い電動アシスト自転車を、よっこいしょっと持ち上げて入れてしまう。

ハイエースもブリティッシュ・グリーン。白い文字でFleuriste《フルリスト》 Parfum《パルファン》 doux《ドゥ》と書いてある。——『甘い香り』花店！

「どうせなら途中で自転車屋さんに寄って、タイヤを直してもらおうか？」

彼は店に鍵をかけると、ハイエースに乗り込んだ。

「助手席、どうぞ」

眩《まぶ》しい笑顔で言われると、楓子さんは、何がなんだかわからないうちに車に乗っていた。彼はどう見てもアラサーだ。

言うなれば吉井くんより二～三歳年上だろうか？　心臓の鼓動がドキドキいってしかたがない。この鼓動が聞こえたら恥ずかしい。

「そうだ……確か、三丁目先の角に自転車屋さんあったと思うんだ……」

彼はそう言うと、ハイエースをとばしていった。

その彼の言うとおり、三丁目先に自転車屋さんがあり、十分程度ですぐパンクを直してくれた。

「あ、あの……えっと……ありがとうございました。ここからは、もう大丈夫です」

しどろもどろの楓子さんは、自転車に乗って帰ろうとしたら、

「だめだよ、雨に濡れちゃうよ。風邪ひいちゃうよ。さっきも言ったよね？　困った時、女の子は遠慮しちゃだめなんだよ。せっかくKINOKUNIYAで買ったものも濡れちゃうよ。さっき聞いた住所だったら、この車であと五分ちょっとだから、そのまま乗ってて」

ナビにいれた楓子さんの住所は、確かにすぐそばのようだった。

買い物袋の中身はKINOKUNIYAじゃなくて日安ニコニコスーパーなのだが、もうそれも訂正できないくらい、楓子さんは、もはやいつもの楓子さんではなくなっていた。

「ホント……すみません、お店まで閉めさせてしまって……」

楓子さんの声はうわずっていた。

「あ、あの……では、お兄さん、お願いします、送って下さい……」

「お兄さんじゃないよ。ケンって呼んで？　で、お嬢さんの名前は？」

「えっとあのお嬢さんじゃないですけど……楓子です……」

「楓子かあ……子がつくと、昭和っぽいよね？　じゃ、オレ、カエデって呼ぶよ？」

カエデと呼ばれたのは、翔岳館で絵本作家としてデビューした時、森野楓子だと長いからと強制的に『もりのかえで』に変えられて以来だ。ちょっと苦い思い出だったが、このお兄さんからカエデと呼ばれるのは、嫌じゃなかった。

今日から私はカエデよ。楓子さんは、ぼんやりと思った。

そして楓子さんは恐縮しながらも、見知らぬ生花店のお兄さんだったケンとのドライブを楽しんだ。カーステレオから、デヴィッド・ボウイの『ブルー・ジーン』が流れてくる。すごくお洒落な選曲だ。楓子さん世代にとって、デヴィッド・ボウイは『抱かれたい男・海外編』ベスト10に入っている。

「デヴィッド・ボウイ、お好きなんですね？」

楓子さんは沈黙が辛《つら》くて、つい話しかけてしまった。

「うん、すごく好き。けど彼、まだ若いのに亡くなっちゃったから、残念だったよね」

楓子さんもデヴィッド・ボウイの大ファンだった。日本武道館のコンサートで来日した時は、必死に電話でチケットを取って見に行ったのが、ついこの間のことのようだ。二十年以上経《た》っているのに。そういえばケンの髪型はちょっとグラムロック時代のボウイの髪型と似ているかもしれない。

そして、ハイエースが楓子さんのお屋敷前に到着する。

「へえ、カエデは、こんな大きなお屋敷のお嬢さんだったの……？　それじゃあ、あんなところで自転車がパンクしたら、とても悲しかったね」

こんな思いやりのある表情をされると、楓子さんは、また胸がドキドキする。

ケンは運転席から降りると、楓子さんの家の正門を見つめ、改めてびっくりしていた。正門は、フィレンツェのサン・ジョバンニ洗礼堂の『天国の門』かと思うほど重厚で、とんでもない富豪の風格を放っていた。

しかし、正門以外の高塀の煉瓦は、あちこちガタがきて崩れている。楓子さんは、高塀を直しておけばよかった、とこの瞬間、心底しまったと思った。

ケンはハイエースの後部ドアを押し上げると、あの重い電動アシスト自転車をかかえて降ろすが、突然「あっ！」と声をあげると、左の手首を押さえた。そして、長袖のTシャツの袖をたくし上げると、「ああ～」と、大きなため息をついている。

「どうしましたっ？」

「大丈夫、大丈夫、何でもない」

と言って、ケンは楓子さんの自転車を正門前まで運んでくれた。

「あの、大丈夫じゃないです。もしかして自転車を降ろす時に、怪我《けが》をされましたか?」

楓子さんは気が気ではない。力仕事をするお兄さんに怪我をさせてしまったかもしれない。花屋さんって、実はものすごい体力勝負の仕事だ。

「ホントに大丈夫、怪我じゃないから。ついうっかり、腕時計……ハンドルにぶつけちゃって……ちょっとドジった」

ここでようやく、ケンは、その壊れた時計を見せてくれる。

それは、どう見ても安物ではなかった。レンズにひびが入っていて、秒針が止まっている……『タグ・ホイヤー』? 一八六〇年創業の、スイスの老舗時計会社だ。

「ど、どうしましょうっ、こ、これ、タグ・ホイヤーですよね? しかも『カレラ』じゃないですか!」

タグ・ホイヤーといえば、一番人気はカレラという種類だ。

ケンのカレラは、銀のバンドに文字盤がグリーン。

「あ、あの、弁償させてください! 修理代、私が持ちます!」

「ああ、いーのいーの。おそらくここまで壊れると、修理できないと思うから」

ケンは気にした風もなく、さらりと言う。

でもこちらは、気にしないわけにはいかない。楓子さんは、グルグルと目眩がしてくる。

「あの、じゃあ私、同じものを買って弁償しますね！」

冷や汗がでてきた。

「カエデ、気にしないで、ドジったオレが悪いんだから。それにこれ、限定品で世界で五百本くらいしか販売してないから、もうなかなか手に入らないんだ」

楓子さんはショックのあまり、モノが言えなくなる。

「それより、今日はカエデに会えてよかったよ。短い間のドライブだったけど、楽しかったし。じゃ、また」

そう言ってケンは、楓子さんの頭にポンッとふれると、ハイエースに乗って行ってしまった。楓子さんの頬は、熱をおびてくる。

「どうしよう……限定品なのに……」

胸のドキドキも止まらなかった。

雨がまた、強く降りだしていた。

正門から玄関まで自転車に乗りながら、楓子さんはずぶ濡れになっていく、それでも途中からなんだか、笑顔に変わってしまった。

若いのに、すごく優しい人だった。今時、あんな親切な人っているのね……。

楓子さんは、今朝、野草を摘んでいる時まであんなに落ち込んでいた気分が、いつのまにか晴れやかになっていることに気がついた。

家に入った楓子さんは、忘れないうちにと、パソコンでタグ・ホイヤーを調べた。

自分が見たケンのタグ・ホイヤー、カレラのリミテッドエディションは、すぐに検索できた。今、ネット市場では、中古で八十八万円で売っている。中古なのに!?

どうしよう……固定資産税を払う上にまた出費……!?

でも八十八万って、末広がりないい数字よ、と、楓子さんは気持ちを切り替えた。

だって働けばいいのよ。どうして、こんな簡単なことに気がつかなかったの?

楓子さんは満面の笑みでうなずいた。

＊

翌日。翔岳館、輸入書籍編集部『エグゾティック文庫』編集部では――。

「あのう、亜蘭《あらん》さん、ちょっといいですか？　私、先ほど転法輪《てんぽうりん》さんからお電話いただいて、もし翻訳の仕事があれば、転法輪さん今、お時間があるそうなので、引き受けたいっておっしゃっていただいたんですけど……」

『エグゾティック文庫』副編集長の川岸奈々子《かわぎしななこ》さんは、隣の『ナイト・ハンター・ノベルス』の亜蘭編集長に、やや困惑ぎみにたずねていた。

転法輪とは、転法輪弘《ひろし》――『エグゾティック文庫』で海外の小説の翻訳をする楓子さんのペンネームだ。

「え？　なんで？　あの仕事嫌いな楓子さんが、この時期働く？」

大河《たいが》ショー和《やまと》（別名タイガーショー）のペンネームを持つ楓子さんは、亜蘭の編集部で、SFバイオレンス・アクション・エログロ・超ハードボイルドを書いていた。

そのタイガーショーのヒット作『新宿魔法陣妖獣伝』シリーズは、『ナイト・ハンター・ノベルス』きっての売り上げを誇っている。この『新宿魔法陣妖獣伝』が楓子さんの固定資産税を払っているといってもいい。

「転法輪さんはさすがに、『新宿魔法陣妖獣伝』シリーズの新作を書き下ろすのはしんどいと見て、ウチに翻訳の仕事を求めてきたんです。そりゃ、こちらとしても、転法輪さんに訳してもらえばヒット間違いなしなので嬉《うれ》しいのですが、どーも、な〜

んかヘンなんですよね……」

　奈々子さんは、アラフォーにして美人でお洒落でスタイルもよく、その上、性格もよく、みんなに好かれる人気者なのだが、二十代の頃付き合った男がことごとくお金にだらしないヒモ体質の男で苦労した。そのせいで、猜疑心《さいぎしん》が強く男性不信気味で、なかなかまとまる話もまとまらず、未《いま》だシングルに甘んじている。

　この奈々子さんは、転法輪（楓子）さんとは、十年以上のつきあいなので、転法輪さんの変化にもするどく反応する。

「何かヘンって、何がヘンなのさ？　コワイこと言わないでよ、奈々子さん」

　亜蘭は、自分のところのドル箱作家に何かあるのが一番嫌だ。

「ほら、私、三月にもうすでに一冊訳してもらってるんですよ。転法輪さんが毎月連続で翻訳することって、これまでにないんです。どんなに頻繁でも、三か月に一冊が限界です。転法輪さん、一冊の翻訳にかかる時間がすごく早くて、二週間ちょいだから、たぶん、印税率がソチラと違ってガクッと下がっていても、とにかく楽に、すぐに、現金を稼ぎたいオーラが、電話口から漂ってきました」

　楓子さんにとって、翻訳業は人が書いた小説が元にあるので、大河ショー和として一から書き上げる小説と比べると、ストレスの量が違うのかもしれない。

「でも楓子さんは、基本お嬢さんだから、そんなにガツガツ仕事しないはずだけどな」

亜蘭はまだ、楓子さんに起こっていることが想像できないでいた。

「いえ、でもね、私の危機管理アンテナが、電話を切った後からずーーっとピーンと張りつめているんですっ」

奈々子さんは、顔を曇らせた。

「ちょっとやめてよ！　奈々子さんが言うと俺、すごーく不安になってくる」

亜蘭の顔も、かなり曇ってきた。

「ちっ、こういう時、吉井って使えないんだからな……」

吉井くんは、先週からずっとお休みだ。季節外れのインフルエンザで倒れている。

「男がいます。しかもかなりヤバイ系の男です」

奈々子さんは、男に会《ケン》ったこともないにもかかわらず、何かを嗅ぎ分けていた。

「だから奈々子さん、やめてって！　なにそれ、ヤバイ系って……」

亜蘭さんは前々から、この十歳以上年下の奈々子副編集長には、かなわないことだらけだった。こと、楓子さんに関しての読みは、誰よりも鋭敏だ。

「なんか……何て言うのかな……お金をすぐ作らないとダメオーラが、転法輪さんに漂っているんです。男に貢ぐ的な匂いです」

「うわー。二十代を男に貢いできた奈々子さんに言われると、それ間違いないわ。奈々子さん、俺、どうしたらいいの？　あの人ヘンな恋愛すると、仕事まったくしなくなりそーなタイプだから、どうしようー」

亜蘭さんはいきなりパニックだ。

「私ね、今日これから、楓子さんの家に行ってきます。一応、翻訳の仕事もお願いしようと思って。でも、どうしたらいいんでしょう……アラフィフの恋は、なかなか闇が深いんです……」

「あの、俺、タイガーショーの直属の編集長なのに、そんな個人的なことまで、隣の編集部の奈々子さんにお願いしていいの……？　でも、俺が行ってもどうにもならないし……すみません、奈々子さん、様子見てきてください。タクシー好きなだけ使っていいです。手土産もすべて、うちの編集部から出しますから。あの、もしかして必要なら出張費も出していーですからっ！」

亜蘭は吉井遼の不在を、自分への天罰のように感じた。

吉井くんをもっと大事にしていれば、今、亜蘭の悩みももっと軽くなっていたかもしれないのに……。

幸せの種を蒔いて

久しぶりに会う転法輪弘先生は、顔色がよかった。

少し痩せた感じもするが、珍しくピンクハウスのワンピースなんて着ている。ヒナギクとさくらんぼがプリントされた若草色の生地だ。色が落ち着いているので、ピンクハウスの中では、かなり甘さおさえ目であるが、アラフォーといってもギリギリ通るくらい、なんだか今日の転法輪さんは可愛かった。

「転法輪さん、そのワンピースすごくよく似合います。髪型もウェービーで雰囲気ありますね♡」

奈々子さんは、どう頑張ってもピンクハウスが似合うタイプではなかったので、素直に転法輪さんがうらやましかった。

その奈々子さんはといえば、今日は、ＤＫＮＹのクラシックシャツドレスを着ている。色は紺、Ｖネック、ウエストは前リボン。靴は大好きなマノロ・ブラニク。今日はピンヒールではなく珍しくフラットシューズを履いてきた。素材はサテンでバックルに豪華なスワロフスキーのクリスタルがついている。このイタリア製の靴は、奈々子さんが今日着ているDKNYの四倍の値段がする。奈々子さんは靴が好きなのだ。そしてとどめのバッグはエルメスのバーキン。翔岳館の副編集長さんは、今日もキラキラに輝いていた。

一方、転法輪さんの家の白猫ルルちゃんは、転法輪さんの膝に乗って、正面に座る奈々子さんをじっと見ている。ルルちゃんは綺麗《きれい》なお姉さんが好きだ。ホントはもっと近づいて、奈々子さんの膝に乗ったりしたいのだが、怖がりなのでそこまではできない。男性陣の猫、松田《まつだ》さんはどこかに遊びに行ってしまっているし、シンプキンはここも何十日も、正門辺りでゴロゴロしながら、ひたすら吉井くんが来るのを待っている。

「奈々子さん、ありがとう。でも私、ちょっとイタイって言われそうで、こわくて」

転法輪さんは頰を赤くして言った。

「えっと、お花屋さんの彼ですよね？　ケンさんでしたっけ……大丈夫、イタイなんて言われませんよ〜。転法輪さん、自信もってください〜〜」

奈々子さんは屋敷に到着するやいなや、三十分で転法輪さんの背後に隠れる男の存在を暴露させていた。というか、転法輪さんが簡単に口を割っていた。誰かに聞いてもらいたかったのかもしれない。恋する女の子あるあるだ。

　奈々子さんも転法輪さんも、本日は翻訳の仕事の話はしてもいいし、しなくてもいいし、というスタンスだ。

「えっと、だから、昨日のお礼にケンに会いに行こうと思って……今朝、クッキー焼いたんだけど、ケン、甘いもの好きかなって思って……」

　同じ焼きたてのクッキーが、奈々子さんの目の前にもある。シンプキンがいたら、絶対くわえて持ち逃げされている。

「大丈夫、転法輪さんのお菓子はいつだって、おいしいです。あ、これ、レモンピール入りですね。爽やかでおいしい～、お店のみたい～～」

　奈々子さんは一個つまんで、ほっぺが落ちそうだった。

「あの、こっちも食べてみてくれる？」

　転法輪さんは、別の種類のクッキーも指さした。

「はい、いただきます。あっこれは、マカダミアナッツ入りですね。う～ん、これも最高～。転法輪さん、お嫁さんにした～～い。うらやま～～～」

　奈々子さんは紅茶を頂く。ファーストフラッシュと呼ばれる春摘みダージリンだ。

奈々子さんは忙し過ぎて料理がからっきしダメなので、何でも上手においしく作れる転法輪さんを崇拝している。

「ねえ、奈々子さん、今時、パンクした自転車を直しに自転車屋さんまで連れていってくれて、しかも家まで送って下さる方なんて、いないわよね……」

転法輪さんは、昨日のことを思い出しながら、しみじみしている。

「そうですね。いるとしたら、吉井くんくらいじゃないですか？」

奈々子さんは、吉井くんのことも忘れてもらいたくなくて、そう言った。

「でね、私、ケンの大切にしていたタグ・ホイヤーの時計を壊してしまったの……うちの自転車のハンドルのところに、ガツーンとぶつけてしまって……」

転法輪さんは真剣な顔だ。吉井くんのことはスルーしている。

「その壊れ方があまりにもひどくて、ケンが、たぶん修理できないって言うから」

「でもそれ、ネットで中古でも八十八万円なんですよね？」

二十代、翔岳館のボーナスが出るたび男に貢いできた奈々子さんは、今、過去の自分を見るようで心が痛い。昔負った傷口が膿《う》んでくる。

いやしかし、そのケンは腕時計が壊れたことなんて気にしなくていいと言ってくれた好青年だ。実はとってもいい男性を、自分の定規で測ってヤバイ系と見てしまうのは間違っているのではないかと、奈々子さんは自信がなくなる。

「ケンはね……私が腕時計を弁償しても、受け取ってくれないと思うの。でも私、返したいなって思って」

ああ……この気持ち、わかる……わかりすぎるほど、わかる……。

奈々子さんは、もうどう転法輪さんにアドバイスしていいのかわからない。

「転法輪さん、とりあえず今日は、このクッキーをお届けにいったらどうです？　それでちょっとお話しして、腕時計のことをさぐってみて……それからでもいいと思うんですけど……。ほら、もしかして、やっぱり修理に出してるかもしれませんし、修理でしたら、どんなに高くても二万〜三万で済むんじゃないですか？」

奈々子さんも必死だ。転法輪さんがネットでポチっと押して、八十八万の中古タグ・ホイヤーを購入しないように必死だ。

「だって、ほら、転法輪さん、買ってはみたものの、結局ケンさんに受け取ってもらえなかったら、大損ですよ！」

奈々子さんはここで『大損』と言って、しまった、と思った。

転法輪さんは基本お嬢様だ。損得関係で恋愛はしない人だ。また自分の尺度でアドバイスしてしまい、奈々子さんは自己嫌悪の嵐だ。

しかし、二十歳くらい年の離れている年上の女性に『女の子』なんて言う男には、まずロクな奴《やつ》はいない。奈々子さんはここでまた、自分の嗅覚を信じることにした。

「あ、あの、転法輪さん、お邪魔じゃなかったら、私も一緒にそのお花屋さんに行ってもいいですか？　あの、遠くから見てすぐ帰ります。私もそんなに恋愛経験ないですが（いや、すごくあるけど、参考にならないやつばっかしだし）、そんな素敵な彼だったら、ちょっとチラ見してみたいなっていうか……」

奈々子さんは、ついに実力行使にでた。これはやはり、現地に行くしかない。

今朝、家を出る時、フラットシューズを履いて行った方がいい気がしたのだ。ピンヒールでは長時間動き回れない。まさか転法輪さんがこんなことになっているとは知らないうちから、それに適した靴を選んでいる自分にびっくりだ。エスパーか？

「やだもう、奈々子さん私、恋愛とかそういうのじゃないから。ただ、なんか、すごく嬉しくて。あんなに親切にされたのって、久しぶりだから」

いやちがうだろ、吉井くんもかなり親切だろ、忘れたのか、と奈々子さんは心の中で激しくツッコんだ。

翻訳の仕事の打ち合わせは二分で終え、転法輪さんと奈々子さんは自転車に乗り、お花屋さんへと向かった。

奈々子さんは、この年でまさかの自転車二人乗りを経験することになった。後ろのカゴをはずす作業は一苦労だった。一応、転法輪さんにヘルメットを借りてかぶる。

たぶん二人乗りは、警察に呼び止められる案件だ。呼び止められたらすぐに荷台から降りて、タクシーを拾おうと覚悟を決めている。タクシー券は、亜蘭さんからたくさんもらってきた。

「ああ……奈々子さん、どうしよう……お花屋さん、見えてきちゃいました～」

二十分ちょっと走ると、転法輪さんが女子高生みたいな声で言った。

「わかりました。私、気づかれないように、ここで降りますね。グッドラック、転法輪さん！　では、これで失礼しますっ」

奈々子さんは、生花店から三十メートルくらいはなれたところの大通りで転法輪さんと別れると、すぐに電柱の陰にかくれた。

なるほど『パルファン・ドゥ（甘い香り）』か……匂うわ、すごく匂う。

それに、何がカエデよ。二十も年上の女を、会ったその日にファーストネームで呼ぶ男は、九十九パーセントヤバイ系だと疑ってかかって間違いないのよ。

奈々子さんは、チッと舌打ちをした。

転法輪さんはもう自転車には乗らず、生花店までの三十メートルを自転車を押してゆっくりと歩いていた。春風にゆれる若草色のワンピースの後ろ姿に、どうか転法輪さんを守って……と、奈々子さんは邪気祓《ばら》いの怪しげなビームを送り続けた。

お花屋さんのケンは転法輪さんの姿を見つけると、すぐに大きく手を振っていた。

うわっ、なんやあれ、めっちゃイケメンやん！　奈々子さんは横浜《よこはま》育ちなのに、いきなり関西風のおばちゃんになり、絶句した。好青年＋《プラス》モデル風イケメンの爽やかすぎる笑顔に、遠くにいながら、奈々子さんもうっかりノックダウンだ。

奈々子さん、緑茶のペットボトルをバーキンから取り出すと、グビグビ飲んだ。

しっかりするのよ、川岸奈々子！　今自分が二十代で経験したすべてを、活《い》かす時なの！　大好きな転法輪弘の道を正してあげられるのは、自分だけ。

でも、ちょっと待って、もしこれが純愛だったらどうするの？

フランスのマクロン大統領夫妻は、確か二十四歳差。あの危険なイケメンと転法輪さんが純愛で結ばれることだってある。だって転法輪さんは、とても優しくて、おっとりして、ほっこりして、そうは見せないけど実は頭がすごくよくて、お料理もうまいし、私史上お嫁さんにしたい人ナンバーワンだし、あのイケメンに一方的に恋されてもゼンゼンおかしくない。

奈々子さんはパニックだ。自分の取るべき道がわからない。

＊

振り返ると、もうそこに奈々子さんの姿はなかった。

楓子さんは急に自分のとった行動が恥ずかしくなる。いや、でも、あれだけのご恩を受けたのだから、お礼はきちんとしないといけない。

育ちのいい楓子さんは、手を振るケンに向かって満面の笑みで応えた。

「素敵なお花屋さんですね……たまにここを通っていたけど、気がつかなかったわ」

楓子さんは、ケンに会うとすぐにそう言った。

気づかなかったのは、楓子さんの屋敷の庭には、いつもありとあらゆる花が咲いていて、お花は買うものではなく、庭から摘んでくるものだったからだ。

「カエデ、昨日は風邪ひかなかった？　大丈夫？」

ケンは楓子さんを見るとすぐにそう言った。そしてまた楓子さんの頭をポンポンとする。その瞬間、心がきゅうっと苦しくなる。楓子さんはどうやら、このポンポンに弱いらしい。

「昨日は本当にありがとうございました。何から何までお世話になって、あの、クッキーを今朝焼いたんですけど、甘いものお好きですか？」

　楓子さんは、フランスのフォションのクッキーが入っていたお洒落な缶に、お手製クッキーをつめて渡した。

「ええっ？　コレ、オレに焼いてくれたの？」

　ケンはすぐに缶を開くと、マカダミアナッツのクッキーを一つ口に入れた。

「わ、おいしい。バターの香りもいいし、サクサクして、ナッツがきいている」

　ケンはくったくのない顔でそう言った。

「カエデの旦那さんは幸せだな、毎日こんなおいしいモノを食べさせてもらえるんだから」

　そう言いながら、今度はレモンピールのクッキーを口に入れる。

　食べっぷりがいい。本当においしい様子だ。

「あの、私、まだ独身だから、旦那さんはいないの」

「えっ、そうなの？　じゃあ、あのお屋敷にはご両親と？」

「いいえ。もう両親はいなくて……」

「えっ、じゃあカエデは、たった一人であそこに住んでいるの？」

　ケンは悲しそうな顔でそう言った。ひとりぼっちの楓子さんを心配している。

「えっと、あの……ケン、実は昨日の腕時計なんだけど……」

「だからほら、カエデ、そのことはいいからって言ったよね？　オレが自分で壊したんだから、オレのせい。この話はもう終わり」

今日のケンは、グレイのVネックのセーターを着ている。細身のブラックジーンズをはくと、脚の長さが強調される。

「あの、でも私、修理してくれるところ、探しますから」

楓子さんは言った。このままでいいわけがない。

「カエデ、もうホントにいいから。実はオレ、あの後、時計屋さんに持っていったけど、直せないって言われたんだ。直すなら、スイスの本社に送って直してもらうしかないって。でも、そこまでするのも大変だし……」

「でもそれ、大切な腕時計だったんでしょ？」

「うん、まあね。父親のおさがりなんだ。っていうか、形見」

「か、形見……？」

楓子さんの顔から血の気が引いていく。

「お父さま……若くして……亡くなられたの？」

「まあ、しょうがないかな。病気には勝てなかったし……カエデ、そんなことはいいから。ほら、笑って笑って」

ケンは楓子さんの両頬を親指と人差し指でつまむと、ビローンと左右にのばした。

お父さまを早くに亡くしてどれだけ辛いか、それなのに平気なふりをして……。

楓子さんの胸は痛んだ。

「カエデって今、アラサーくらい？」

ケンがとんでもないことを言う。リップサービスにもほどがある。

「ま、まさか。私、すごいおばさんだから……」

楓子さんは真っ赤になる。

「カエデはお嬢さんだよ、おばさんのわけがないだろ」

「じゃあケンは、いくつなの？」

楓子さんは、恐る恐る聞いた。

「今月二十八になるんだ。誕生日、祝ってくれる？」

吉井くんと同級生決定だ。もう少し上かと思っていた楓子さんはかなり動揺する。

「え、あ、うん。お誕生日、お祝いするわね、で、いつなの？」

「来週の水曜日」

「そう。あ、そうだわ、今日は私、お花を買いに来たの。何か春らしいお花を大きな花束にしてくれる？　あの自転車の前のカゴに入るくらいの大きさで」

まずは花を買うことくらいしか、お礼ができない楓子さんだ。でも、ケンの誕生日が近づいているのだから、もうあの腕時計をプレゼントするしかない、と決心した。

ケンは店に入ると、手慣れた様子でブーケを作っていく。楓子さんは、そばにあった籐《とう》の椅子に座り、作業を見つめていた。八重桜が満開の枝を中心に、白とピンクのチューリップ、珍しい八重咲のユリ、クリーム色の薔薇《ばら》、ふわふわのカスミソウ。それを表が深緑、裏が濃いピンクの紙でつつんでくれる。リボンは金色。日本の生花店ではあまりない、洒落たラッピングだった。

「これ、カエデのイメージ。優しい女の子の色だよね？」

そう言って、ケンはブーケを自転車の前カゴにいれてくれた。

「えっと、おいくらになります？」

楓子さんは、お財布を取り出し、レジに向かう。

「これは、カエデと知り合った記念の花束だから。受け取ってね？」

「いえっ、とんでもないですっ、私、そういう意味で頼んでませんからっ」

楓子さんは焦ってしまう。

「うん、わかってる。じゃ、次からはちゃんとお代を頂くから、今日はとにかく、受け取ってね。もう作っちゃったから」

ケンはまた楓子さんの頭に手を置いた。それをされると、楓子さんは本当に弱い。

「そうだ、カエデ、LINE交換しよう？」

ケンがスマホを取り出した。

「ああっ……私、スマホ……えっと……家に、置いてきてて……」

実は楓子さんは、スマホもガラケーも持っていない。もうそろそろ、スマホを持つ時なのかもしれない。

「じゃあ、今度絶対、交換しよう？」

「え、ええ、わかったわ」

楓子さんは店を出て、自転車に乗った。

楓子さんと入れ違いにまた一人、お客様がケンの店に入っていく。

世田谷のセレブな奥様風の、素敵なマダムだった。

＊

フルリスト『パルファン　ドゥ』は、六時に閉店した。

今、奈々子さんは、閉店後のお花屋さんをじっと見ていた。いや、睨《にら》んでいた。転法輪さんと別れて三時間。奈々子さんは、近くの喫茶店にこもって、閉店時間をずっと待っていた。一旦、会社に戻ってもいいが、なんだか胸騒ぎがして、お花屋さんから離れる気になれなかった。

ケンは店に鍵をかけると、すぐにハイエースをガレージから出し、その奥のＢＭＷをさらに出してくると、通りに停《と》めた。

この瞬間、奈々子さんはもうタクシーを拾っていた。

「運転手さん、あの深緑のＢＭＷを追っかけてね」

「お姉さん、探偵さんですか？」

運転手さんは興味津々だ。

「探偵じゃないですけど、ちょっと追跡調査をお願いしたいの」

「ラジャー！」

ほどなくケンの乗ったＢＭＷが動き始めた。最新モデルのＢＭＷだ。

車は世田谷から渋谷《しぶや》へ向かって行く。そして二十分も走ると、池尻大橋《いけじりおおはし》付近の立体駐車場に車を入れ、ケンが通りに出てきた。

奈々子さんもタクシーを降りると、彼の後をつけていく。

ケンは奈々子さんのことは全く知らないので、尾行はたやすい。

そして六時三十分、ケンは渋谷寄りのお洒落な洋風居酒屋に入っていった。人気の店なのか、すでにもうそこそこ混んでいる。内装はイタリアのBAR《バール》風。客層は割とリッチな三十代がしめている。学生にはちょっと敷居が高い。

マスターとは顔なじみなのか、ケンはすぐにテーブルに案内されていた。

そこには二人の若い男性が、すでに白ワインを開けて飲んでいた。

男友達だ。奈々子さんは、ケンに恋人がいるのではないかとみて、仕事後の彼の行動をチェックしてみたが、まあまあ健全だ。

二人の男性はケンを「お疲れ～」と迎えている。しょっちゅう会う仲間のようだ。

「あの、お客様はお待ち合わせですか……？」

いきなり、マスターが奈々子さんに声をかけてきた。

「え、ええ、えっと……」

その時だった。

「二人です」

奈々子さんの肩越しに声がすると思ったら！

「てっ……」んぽうりんサン！　と、叫びたくなったところで、転法輪さんが、奈々子さんの口をふさいだ。

転法輪さんは、黒のタートルに紺のジーンズ、黒の野球帽をかぶって、その中に長い髪を全部いれている。プラス淡い茶色のサングラス。確かこれは、奈々子さんと一緒にパラオに行った時、あちらで買ったものだ。南国の日差しは強かった。

「転法輪さん、まさか、彼をつけてきたんですか……？」

「奈々子さんが考えることは、いつだってだいたい私と同じよ」

転法輪さんはウフフと笑った。これ、今、笑うところだろうか？

「とにかく、中、入りましょう」

奈々子さんらは、マスターが案内してくれた席を無視して、勝手にケンたちのテーブルに近いところへ座った。二人はこういう時、グイグイいく。ケンの背中側の席なので、まずバレないと思う。

「(なんでも好きなものたのんでね？　ここはまかせて)」

転法輪さんはメモ帳を取り出して書く。さすがミス・メープルは抜かりがない。声でケンに気づかれないよう、筆談にしたのだ。そして、メニューで顔を隠すと、

「あっ、この店、瀬戸内海のタコのから揚げがある、私、これがいい！」

転法輪さんは、すぐに筆談をやめてしゃべっていた。詰めが甘い。

「では私は、このカラスミのスパゲティにします。わー、高いけどいいですか？」

「（ぜんぜんオッケー牧場！）」

また転法輪さんは筆談だ。

「転法輪さん、何飲みます？　私、テキーラいっちゃいます。あっだめ、却下！　頭ボーッとしてきちゃうから、まずは『モエ・エ・シャンドン』一本頼んじゃっていいですか？」

モエ・エ・シャンドン。フランスの高いシャンパンだ。これも結構酔いが回ると思う。しかも一本って……。

「あ、じゃあ、私もご一緒させてね？」

またしゃべっている。筆談はどうした？　何のためのメモ帳だ？

「あとは、えっと、あっ、『インカのめざめ』のフライドポテトがあるわ！　エメンタールチーズをのせてるんですって。これも頼みましょう！」

転法輪さんは今、料理に心がいっている。インカのめざめは、北海道の超絶おいしいジャガイモの種類だ。中は色が濃く、甘くてほっこり。普通のじゃがいもとは一線を画している味だ。

「転法輪さん、ここって案外、穴場ですよね。お料理、絶対アタリの気しかしないです。みんなすごく、おいしそうに食べてる。あ～、ニンニクのいい香りがする～」

奈々子さんは午後、喫茶店で三時間、時間をつぶしたことが報われつつあった。

「で、どうなんだよ、ケン、最近の狩りの成果は？」

ケンの友達の声が聞こえてきた。白いポロシャツの襟を立てている男性だ。

転法輪さんと奈々子さんに緊張が走った。

「うん、オレ、昨日さ……ほら、LINEでも言ったけど、すごいのがしとめられそうなんだ。世田谷一の金持ちおばさん。びっくりするほどのお屋敷に住んでて、とんでもなくデカイ一粒玉のダイヤしてた。オレ、あんなデカイの見たことない。中指にしてたから、独身かバツイチだと思ったんだ。そしたらやっぱり独身」

ケンの声だ。楓子さんは一瞬クラッときた。いきなりアッパーカットだ。

「そんでもって、例の壊れたタグ・ホイヤーで釣ったら、すぐに食いついてきた。弁償させてほしいって」

「おいケン、お前、いったいいくつ女性にタグ・ホイヤー貢がせるんだよ」

別の友達が言った。こちらはバーバリーのボタンダウンのシャツを着ている。みんないいところのお坊ちゃま風だ。

「先月、三つ集まった。今月はまだ二つ。でも、あのおばさん、オレの誕生日にタグ・ホイヤーをプレゼントしてくれるから、今月は最低でもまた三つ集まるな」

「ケン、お前、貧乏じゃないのに、おばさんたちから金目の物ねだるなよ。いつか、痛い目みるぞ、おばさんの呪いは怖いんだから」

バーバリーの彼は、まっとうなことを言った。

「でもオレ、詐欺をしたわけじゃないし、あちらがくれるって言うから、もらうだけだし、これって犯罪じゃないから。ゲームだよ、ゲーム」

「犯罪にはならないけど、同じ種類のタグ・ホイヤーばかり集めてもしょうがないだろ?」

バーバリーの彼は、ほとほとうんざりした口調だ。

「オレ、トータルで二十五個くらい同じようなタグ・ホイヤー集めたよ。親父《おやじ》の形見だって言えば、だいたいおばちゃんはホロリとして、プレゼントしてくれるんだ」

「お前、病んでる! それ詐欺だよ。お前のお父さん、バリバリ元気じゃん」

ポロシャツの彼も、ケンを批難した。

「よく言うよ。ヨージだってこないだ、カヨにヴィトンの財布買ってもらってたじゃん。つきあってるわけでもないのに」

ケンも痛いところを突く。

「あの後、カヨにしつこく言いよられて、大変だったんだよ。タダほど高いものはないって思ったよ。結局、ユリエにバレてフラれた。三年もつきあった彼女なのに……俺、今、どん底なんだよ」

　ポロシャツのヨージは、痛い目を見たようだ。

「僕が思うに、ケンは母親が割と毒親だったから、年配の女性が嫌いなんだよな」

　バーバリーくんが言った。母親のことまで知っているとなると、三人は幼馴染《おさななじ》みだ。

「嫌いだね。のほほんと幸せそうなおばさん、特に大嫌い。意地悪したくなる」

　ケンの声がすべて耳に入ってくる。こんなにはっきりと聞きたくなかった。ミス・メープルは時々、この探偵活動がイヤになる。

「親父は浮気ざんまいだし、母親は韓流《ハンりゅう》アイドルに夢中で、一年の三分の一は韓国に行っちゃってるし。オレが物心ついたころから、ヨン様だの、ジェジュン様だの、そういうおっかけばっかり……いい年して、みっともないんだよ」

　ケンは吐き捨てるように言った。その声は、寂しそうにも聞こえた。

　転法輪さんと奈々子さんは、運ばれてきたモエ・エ・シャンドンを開けて乾杯なしで飲むが、もう味がよくわからない。こんなことならミネラルウォーターを頼めばよかった。でも、瀬戸内海のタコのから揚げは、おいしい。インカのめざめのフライドポテトも、食べだすと止まらない。カラスミのスパゲッティも期待できそうだ。

「そんなにおばさんをいじめるなよ。女はいずれみんなおばさんになるし、僕らだってすぐジジイだよ。あっという間だよ」

バーバリーの彼だけが救いだ。腐ったケンの友達にしてはすごくまともだ。

「なあ、そのおばさん、オレの誕生日にタグ・ホイヤーくれると思う？」

ケンが友達に聞いた。くし切りにしたライムを瓶ビールに押し込むと、そのまま飲み始める。ＢＭＷで来ているので、帰りは運転代行サービスを頼むのだろうか。

「ケン、お前、誕生日いくつあるんだよ、ホントは九月だろ？」

ヨージがツッコんだ。四月の誕生日はウソだったのか。

「オレ、あのおばさんから、タグ・ホイヤー以外にもなにか貢いでもらいたいな。ってゆーかオレ、広尾《ひろお》にもう一軒、生花店オープンしたくて。あのおばさんだったら店の開店資金くらいポンッと出してくれそう」

と、この時、楓子さんが立ち上がった。

野球帽をとると、長い髪がバサッと落ちてくる。楓子さんは、サングラスをカチューシャのようにして髪をまとめた。そしてつかつかとケンのテーブルへ行く。

「ごめんね、ケン。広尾のお店の開店資金は無理かな。私、せいぜいタグ・ホイヤー

それから二週間。

転法輪弘は、五百ページにもわたるアメリカの人気ハードボイルド作品の翻訳を終えると、買い物がてら駅前商店街に向かっていた。外に出るのは久しぶりだ。

あともう少しで駅が見えてくる、というところで、翔岳館『ナイト・ハンター・ノベルス』の編集さん、吉井遼くんとばったり出くわす。

「うわ――、吉井くん、久しぶり！　インフルエンザ、もういいの？　うちに来てくれるところだったのね？」

吉井くんは、両手にたくさんのお土産の手提げ紙袋を握っていた。楓子さんの好きなものばかりだ。

「ご無沙汰してます。インフルエンザはとっくにいいんですけど、仕事がたまっちゃって……。楓子さんちに行きたかったのに、身動きとれなくて……」

いつ見ても、吉井くんはきちんとしている。今日はけっこう汗ばむ陽気なのに、ポール・スミスのスーツを爽やかにさらっと着こなしている。

「楓子さん、買い物に行くんですか？　僕、今日はまた、海鮮鳴門《なると》太巻き寿司《ずし》とか、特選和牛メンチカツとか、生クリームたっぷりのアンミラのバナナチョコパイとか、あ、そうそう、特大ギュウヒ入り蜜豆とかも持ってきましたよ。一緒に食べましょう。

楓子さん、ギュウヒ、好きですよね？」

「え〜、ありがとう！　家に甘いものとかまったくなかったから、嬉しい〜。海鮮鳴門太巻き寿司も食べたかったの！　じゃあ私、今日は特にもうお買い物しなくてもいいわね？　しかも特大ギュウヒまで持ってきてくれたなんて……」

楓子さんは幸せそうだ。

「お屋敷に帰ります？」

吉井くんは言った。

「あ、ううん、実はね、今、駅前で『世田谷春のゴールデン祭』っていうのやっていて、私、その福引券を二枚持っているの。それを引いてから帰っていい？」

例の電動アシスト自転車のタイヤとチューブを全とっかえしたら、六千五百円もかかった。福引は三千円で一回ひける。ゆえに楓子さんは、券を二枚もらっていた。

「へーえ、『世田谷春のゴールデン祭』ですか……面白そうですね」

楓子さんは吉井くんを引っ張って、駅前広場へと連れていった。そこにはテントがはられ、ガラポン福引の前に十人くらいが並んでいた。今日が最終日らしい。

「吉井くんが引いてね。私、どうもこの頃、運気悪くて」

「ダメですよ。楓子さんの方が、こういう時、絶対パワーを発揮しますから」

「いや、本当にもうダメなの。ここんとこ恐ろしいほどついてなくて。えっと、五等がティッシュね。四等が世田谷商店街で使える五百円券で、三等が神戸《こうべ》ビーフのステーキ四枚セットだって！　吉井くん、お願い、ステーキ当てて！　それがダメだったら五百円券でいいから！」

ナイト・ハンター・ノベルスきっての稼ぎ頭の大河ショー和なのに、夢が小さすぎて、吉井くんは悲しくなる。

「ね、吉井くん、紙袋持ってるから、ガラポン回してね？」

そして楓子さんたちの番が回ってきた。

「いや、先生が回して下さい！　僕、こういうの当たったためしがありませんから」

「ダメだって、私、たぶん大殺界中だから、ムリ！　ティッシュはいらないからね」

吉井くんは、楓子さんの右手を持って、強引に一緒にガラポンを回してみた。

コロッコロッと赤い玉。カラーンカラーンとやる気のない鐘の音。

「はい、残念でした。ティッシュねー」

テントの下の世田谷商店街組合のおじさんが、楓子さんにポケットティッシュを手渡す。

「あと一回だっけ？　はいお姉さん、がんばって」

おじさんは、もう一枚の福引券を受け取る。

「楓子さん、また一緒に回しましょう。今度こそステーキです!!　神戸牛ですっ!!」

吉井くんと楓子さんはガラポンの取っ手をつかみ、「せーの」でぐるっと回した。

コロンコロン……もっとパッとしない黒い玉。

ほら、鐘もならない。

一瞬、あたりが静まる。

と、次の瞬間、先ほどのおじさんが、盛大にガランガランと鐘を鳴らし始めた。あまりの音の大きさに、周りの人がみんな振り向いていく。

「特賞だよ！　最終日、とうとう出たよ〜〜!!　特賞!!　特賞!!　七泊八日、横浜から行く韓国は済州島《チェジュ》&釜山《プサン》の豪華客船の旅だよ〜〜!!」

それを聞いた楓子さんと吉井くんは、跳び上がる。

「キャ――――ッ、吉井く〜〜んっ!!」

「ワ――――ッ、楓子さ〜〜〜〜んっ!!」

二人は、セレブの集うお洒落な世田谷の駅前で、声を限りに叫んでいた。

そしてこの時、その様子を、遠くから見ている人がいた。

ブリティッシュ・グリーンのハイエースに乗った、配達途中のケンだった。

「まったく……カエデ、相変わらず能天気だな……。しかも隣の兄ちゃん、超イケメンじゃん」

おばさんは、あーゆーのが好きなんだな。ま、オレには負けるけどな？

そんなことをつぶやきながら、

「なんだよ、こっちはコレクション全部手放すはめになったっていうのにさあ……。カエデ、えっらい楽しそうじゃん……。まいったなあ……」

ケンはまたハイエースを走らせていった。

いい笑顔が、世田谷の青空の下、光り輝いている。

今日も彼からは、とても甘いお花の香りがしていた。

第二話　夢見るボン・ヴォヤージュ

傷心の船旅

時は、ゴールデンウィークの真《ま》っ只中《ただなか》。

横浜大桟橋に停泊しているのは、総トン数九万、十二階建ての豪華客船『ゴールデン・クイーン』号だ。

真っ白な船体に、水色のライン。煙突《ファンネル》には、ハープの形のマークが夕日を浴び、金色に輝いている。

森野《もりの》楓子《かえでこ》さんはチェックインを終えると、さっそく四階のプロムナード・デッキに行き、これから去りゆく横浜の街を見つめていた。

みなとみらいのランドマークタワーが間近にある。あそこの六十八階のレストランで食事をしたことがあるが、高層階すぎて霧が発生し、何の景色も見えなかったことを思い出す。

そして、よこはまコスモワールドの大観覧車は、カラフルにライトアップしている。昔、遊びに行った時、いきなり天候不良となり運転中止になっていたことも、今はいい思い出だ。すべてを水に流せるほど、楓子さんは今、ポジティブ・オーラに包まれている。

そんな楓子さんの今日の洋服は、ローラ アシュレイのワンピース……ではなく、プラダの生成りのサテンドレスだ。肩まで見えるノースリーブ、胸のあたりと裾がレースで全体がストレートにフィットしている。こんなに気合いの入っている楓子さんだが、肩にかけているのは昔懐かしいパン・アメリカン航空、通称パンナムのエアラインバッグ、短くエアバッグだ。

これは楓子さんが小さかった頃、パンナムが女性客に配っていたビニール製のカバンで、大きさ30×30×10センチ、とかなり大きい。正方形の白地に地球をデザインした丸い水色のパンナムのロゴが、当時、『横浜トラディショナル・ファッション』と呼ばれていた、通称『ハマトラ』が全盛の関東で、楓子さんよりずっと年上のお洒落な女子大生に大人気だったものだ。おそらくパンナムの白に水色という色が、空と海を連想させ、女子大生のハマトラ心に火をつけたのかもしれない。

彼女らが横浜元町《もとまち》のファッションに身をつつみ、海外旅行をした証《あかし》のごとくこのパンナムのエアバッグを肩にかけ、さっそうと出かける姿は、小さかった楓子さんの脳裏に今でも焼きついている。

楓子さんは、大人になったらこのパンナムのエアバッグを持って出かけようと思っていたが、楓子さんが大学生になった時、もうすでにハマトラのブームは去っていて（しかも楓子さんの大学はロンドンの美大だ）、結局それは、青い目の美しいCAさんに頂いてから四十年以上使われることなく森野家の片隅で大切に保存されていた。

しかし、今日こそ日の目を見る時！　とばかりに、楓子さんはこのパンナム・エアバッグを横浜港発のクルーズに持ってきた。今やもうどこにも存在しないパンナム航空だが、楓子さんの中では変わらず憧れの航空会社だ。

「ふう……四月は色々あったわね……素敵な出会いだと思ったこともあったけど、奈々子《ななこ》さんに言わせれば、あれは『ロマンス詐欺』とか言うらしいし、ちょっと悲しい結末だったけど、そんな楓子に乾杯ね。出会いはすべて、私の人生の糧《かて》になっているんだから気にしないわ。無駄なことが何もないのが作家業よ。いつか、『ロマンス詐欺』を扱った話を書けばいいだけの話……悲しみも印税に変われば、溜飲《りゅういん》がさがるわね、フフ」

楓子さんは一人苦笑しながら、『ゴールデン・クイーン』号のデッキのバーで、『ホワイト・レディ』別名『白い貴婦人』と呼ばれるカクテルをオーダーすると、遠くに見える横浜ベイブリッジに一人そっとグラスを掲げていた。

「悲しみに、さよなら！　そして、ようこそ、新しい出会い！　きっとこんな私を受け入れてくれる人が、この世界のどこかにいるはず！　もしかしてこのお船の旅が、新たな出会いの場となるのかも（↑懲りてない）。元気出さなきゃ、私」

楓子さんは、センチメンタルな気持ちを吹き飛ばすように、午後五時の出帆の時を待っていた。

「大河《たいが》先生、こんなところにいらしたんですね！　わー、ワンピース可愛いでーす！　お嬢さまってカンジしまーす。今日から八日間、よろしくお願いします！」

ポール・スミスの白い半そでポロシャツに、英国の伝統柄のブラックウォッチのズボンをはいた吉井《よしい》くんの登場だ。メンズファッション誌から飛び出してきたような爽やかさは、アラフィフの楓子さんには目の保養となる。吉井くんから醸し出される品の良さには、いつも感心してしまう。

「あっ、大河先生、そのバッグお持ちしますね！　わー、パンナムのエアバッグだ。超ヴィンテージじゃないですか。えっ先生、お荷物これだけですか？　さすが旅なれてますね？　なんかCAさんみたいでカッコいいー」

パンナム全盛時代を全く知らない吉井くんなのに、楓子さんの影響をうけて、昭和に輝いていたものをよく知っている。

「そうそう大河先生、パンナムビルって、今、メットライフビルになっているのをご存じですか？」

吉井くんの情報に楓子さんはびっくりだ。

「メットライフって……あの生命保険会社の？」

「そうなんです。残念なことに、昭和の景色がまた消えてしまいました……」

吉井くんはそう言うけれど、パンナムビルはニューヨークにあるので、昭和と言われても、ニューヨーカーにとってはいかがなものか……。

「あ、先生、もうカクテル召し上がってるんですね？」

吉井くんはようやくここで、楓子さんが右手に握っているものに気がついた。

「出帆の時は、カクテルでお祝いするものなのよ。吉井くん、何が飲みたい？　ごちそうさせてね（私、色々あって、四月は思いがけず翻訳の仕事なんてしちゃったから、今結構、懐具合がいいの……カクテル五十杯くらい飲んでも大丈夫よ……なんてね……）」

「いえ先生、とんでもないです！　僕、亜蘭《あらん》さんに、このクルーズで大河先生をきちんとおもてなししなさいって言われてきましたから、ここは大船に乗った気持ちでいてください！　大型客船だけに！」

吉井くんはハイテンションだ。

亜蘭編集長は、四月にあった楓子さんの『ロマンス詐欺』事件のことを知っているので、またヘンな男にひっかからないように、ボディーガードの意味で吉井くんを送り込んでいた。

世田谷商店街主催の『世田谷春のゴールデン祭』で特賞の七泊八日、横浜から行く韓国済州島&釜山豪華クルーズを当てた楓子さんだが、これはお一人様ご招待のところを、お連れ様は格安料金で参加できるということなので、吉井くんの旅費は編集部が全部持っている。しかし、元々楓子さんの当てたクルーズは、シングルルーム、スタンダードクラス、しかも内側、窓なし、バルコニーなし。いわゆるリーズナブルな三等客室なので、吉井くんの旅費も格安だ。編集部からすれば、『ナイト・ハンター・ノベルス』きっての稼ぎ頭であるタイガーショーが、また何らかの詐欺にあい、悲しみのあまり小説が書けなくなるのを阻止すると思えば、吉井くんを送り込んだことくらい、ぜんぜん痛い出費じゃない。いや、痛いどころか、このクルーズでタイガーショーが何か面白いアイディアを思いつき、『新宿魔法陣妖獣伝』シリーズの次作のプロットにつながれば、濡れ手に粟《あわ》だと思っている。

「あの、吉井くん。ごめんね、ちょっと気になるんだけど、さっきからどうして、私のことを大河先生とか先生って呼ぶの？　ほら、このクルーズは完全に仕事から離れて、プライベートで楽しむ旅だから、いつもみたいに楓子さんって呼んで？」

「えっ、あっ、そうですね！　そうです！　そうでした!!　ラジャー、大河先生！」

吉井くん、修学旅行に出かける小学生のごとく、テンションが高すぎて、珍しくやらかしている。もうすでに吉井くんがどれだけハイテンションで、はめをはずしつつあるのかがわかる失言だ。

「そうよね……どうせ私はタイガーショーよ……。タイガーショーじゃなかったら誰も相手にしてくれない、ただのおばさん……（だからロマンス詐欺にあったのね）」

楓子さんのオーラが一目でわかるくらいに濁りつつあった。めちゃくちゃどんよりしている。それに気づいた吉井くんは、血の気が引いていく。

「ごめんなさいっ！　違うんですっ！　楓子さんは楓子さんですっ！　KAE《ケーエーイー》、RE《アールイー》CO《シーオー》、ナイト・ハンター・プリンセス！　です！」

吉井くんはアイドルのコンサートで掛け声をかけるように、楓子さんを無理やり持ち上げたつもりだが……カエ……レ……コ……？　まさかのカエレコールか……？

楓子さんは引き続き、うなだれてしまう。吉井くんは、さらに血の気が引いた。

見ると、楓子さんの肩が震えている。吉井くんは自分の失言が、取り返しのつかないものだと知った。いや違う、吉井くんは自分も震えていることに気づく。

聞こえてくるのは、銅鑼《どら》の音──。

震えているのではなかった。船が揺れているのだ。

なんと『ゴールデン・クイーン』号が、いつのまにか横浜大桟橋を離れている！

そして二人の周りの乗船客は、大歓声を上げながら、じゃんじゃん埠頭《ふとう》に紙テープを投げている。今が、クルーズ的には前半一番の見せ場だったのに……。

「やだ！　吉井くんっ、もう出帆してるわっ！」

その時、大桟橋で手を振る見送りの人の中に、ひときわ大きな声を上げて、二人に叫んでいる美人のお姉さんがいた。

「転法輪《てんぽうりん》さ────ん、ボン・ヴォヤージュ、いい旅を────!!　どうか、この旅で、あのロマンス詐欺のことは、忘れて下さ――――い！　吉井く～ん、転法輪さんをよろしく～！」

なんと、翔岳館輸入書籍編集部『エグゾティック文庫』副編集長の川岸《かわぎし》奈々子さんが見送りに来てくれていた。

実家が横浜の奈々子さんは、ゴールデンウィークに帰省中、転法輪さんのお見送りに駆けつけたのに、さっきからどうも吉井くんとモメているようで、ゼンゼン気づいてもらえてなかった。

「ほら、楓子さん、あそこ、奈々子さんいますよっ！」

吉井くんが指さした。奈々子さんは、おそらく目立つようにと、わざわざショッキングピンクのワンピースを着てきたのに……。

「あっ、ホントね！　奈々子さ――ん、ありがと――う、行ってきま――す！　お土産は、『辛《しん》ラーメン』でいいかしら～っ!?」

楓子さんは手を振りながら、目が潤んでしまう。

韓国の有名な『辛ラーメン』なら、日本の人気輸入食材店カルディにも売っていると吉井くんは思ったが、センチメンタルな気分に酔っている楓子さんに、とてもそれは言い出せない。

奈々子さんが、どんどん遠くなっていく。デッキで渡された紙テープを投げたが、もう届かない。

一方、大桟橋では、奈々子さんが、埠頭を離れて行く船を見つめながら、

「できれば『辛ラーメン』じゃなくて、『ミシャ』のクッションファンデーションをお願いします。化粧下地、ファンデーション、日焼け止めが一体になったやつで、ツヤとカバー力がすごい上にプチプラだから――ってもう聞こえないわね……。ああ……そして神様、どうかお願い。素敵な旅になりますように、そして、あの傷心の出来事から、転法輪さんが立ち直れますように……」

また邪気祓いの怪しげなビームを、旅立つ転法輪さんに送っていた。

「私……幸せだわ……みんなにこんなに優しくしてもらって……。吉井くんも来てくれて、ありがとう……そもそもこのクルーズは、吉井くんが私と一緒にガラポンを回してくれたおかげだもの。私だけだったら、ティッシュ&ティッシュね……もう、花粉の季節も終わったし、今の私にティッシュは必要ないの……」

楓子さんは、すぐ隣に立つ優しい担当さんに改めて感謝だ。

「いえ、楓子さんは、元々強運なんです。僕がひいた特賞じゃありません。今回、ご一緒させていただいて、すごく光栄です」

吉井くんの笑顔に、嘘《うそ》いつわりはなかった。

このクルーズは、太平洋沿いを西へ行き、途中瀬戸内海に入り、鳴門の渦潮、そして関門海峡を越え、済州島、そして釜山を目指す。いつもはスケールの大きい世界一周の旅をする『ゴールデン・クイーン』号だが、今回は、日本の皆さんにもっと気軽にクルーズに慣れ親しんでもらおうと、国内プラス韓国のツアーが催行されていた。

「ああ……もうあんなに横浜が遠くになってる……船旅って久しぶり……嬉しくて涙がでそう。私、海って大好きなの」

楓子さんはそう言うと、沈みゆく太陽にグラスを掲げた。

四階のプロムナード・デッキでは、ジャズバンドが乗客の心を高揚させていた。今やバーカウンターはカクテルを頼むどころではないほど、人であふれている。船の中は、みんながファミリーだ。出会う人は誰もがニコニコ挨拶している。

「吉井くん、ごめんね。私、頑張ってノースリーブなんて着てきちゃったから、ちょっと寒くなってきたわ。一旦キャビンに戻っていい？」

楓子さんは自分の腕をさすった。

「ええ、そうしましょう。風邪をひいたらいけませんからね」

そう言って吉井くんは楓子さんと共に、四階のデッキから二階へと螺旋《らせん》階段でおりていく。エレベーターは四基あり、ホールはエレベーター待ちの人であふれていた。

今、乗船客は誰もがハイテンションで、客室にこもっている人などいない。今回のクルーズ客は千七百人弱。それに対して乗組員が九百人。客船の全長は二百九十メートル、全幅は三十メートルと大型だが、全乗客が甲板等を散策しだすと、どこもかしこも混雑し始める。しかしそれも最初のうちだけだ。

楓子さんたちが到着した二階は、すべてスタンダードクラスの三等客室となる。スタンダードにも海側と内側があり、内側キャビンは一番リーズナブルな価格帯だ。

と、そこで、細い通路における最大の邪魔物となっている、とんでもなく大きなルイ・ヴィトンの衣装ケースが、誰かのキャビンの扉前に、ドーンと置かれていた。

「いやだわ、どうしよう……あれ、私のだわ……キャビンの中に入れてくれているものだとばかり思っていたのに……私、こんなに人に迷惑をかけちゃって……」

楓子さんは焦って走りだした。吉井くんもその後を追いかけていく。

「そ、そうですよね……楓子さんの荷物が、パンナムのエアバッグだけのはずなかったですよね……」

吉井くんは生まれてこのかた見たことのない、立派なアンティークのルイ・ヴィトン・ワードローブトランクに、目をパチパチさせていた。

高さ百十二センチ、幅六十四センチ、奥行き五十四センチ、ちょっとした小型冷蔵庫のような大きさだ。

中には、引き出しが六つ、そしてハンガーで洋服をつるせるようになっている。

これは……『タイタニック』の一等に乗るようなお客様が……いや、タイタニックでは験が悪い、タイタニックではなくて、『クイーン・エリザベス』とか『飛鳥Ⅱ』のアッパークラスの乗船客が持ってくるようなものではないだろうか、と吉井くんは思ったが、楓子さんが生粋のお嬢さんだったことを忘れていた。船旅はきっとこれが正式なのだろう。

「あの……楓子さん、これ、どうやって運んできたんですか？」

「事前に宅配業者さんに頼んでたの。で、横浜大桟橋まで送ってもらって、チェックインの時、ポーターさんにキャビンに入れてもらうようにお願いしたんだけど……」

もしかして大きすぎて中に入らないのでは、と、吉井くんに不安がよぎった。

「失礼します、お客様……」

その時、紺のスーツにシルクのボウタイのブラウス、そして長めの一連のパールのネックレスをした、お洒落マダム風のクルーの女性が、声をかけてきた。楓子さんと同じくらいの年齢の女性なので、かなり階級の高いクルーに違いない。

「私ども、今、こちらのワードローブトランクを室内にお入れしようと思っていたところなんですが、大きさが室内通路ギリギリなので、傷つけてはいけないと思い、係の者を呼んだところです。もう少々、お待ち頂けますか？」

テキパキした物の言い方が、かなりできるクルーという感じだ。ショートカットにパールのピアスがよく似合っている。

「こちらこそ、ごめんなさい……私、船旅ってだけで、舞い上がってしまって……こんな大げさなものを持ってきてしまって……」

楓子さんは、クルーの女性に謝った。

「いいえ、お気になさらずに。とても素敵なワードローブです。船旅って感じですよね。ええと……お客様は、2363号室の森野楓子様ですね？」

と、年配のクルーの女性はニコッと笑ってくれた次の瞬間、黙り込み、

「えっ！　やだっ！　もしかして、楓子っ？」

女性の口調がいきなり変わってしまった。

「えっ?!　これってもしかして金門汽船《ゴールデンゲート・ライン》の船っ？」

「そうよ、やだもう、それも知らないで乗ってたの？　楓子ったら〜〜」

「梨花子《りかこ》さーん！」

楓子さんとクルーの女性は、狭い通路でひとしきり抱き合った。その横で、大勢のスタンダードクラスの乗客が、この二人と巨大ヴィトンをよけて通るのに四苦八苦している。

「で、なに、どうして楓子がこんな船底キャビンにいるのよっ⁉」

梨花子さんはびっくりしていた。楓子さんも背が高いが、梨花子さんはさらに背が高くカッコいい。そして歩きやすそうな太いヒールの靴を履いている。地に足のついた仕事人の雰囲気だ。

「あのね、私、『世田谷春のゴールデン祭』の福引で、特賞のこのクルーズの旅を当てたのよ！　すごくない？」

楓子さんは、どうだとばかりに自慢している。

「ちょっと、やめてよ。今すぐアップグレードさせるからね？　この船、今回そんなに満室じゃないから、一等にいくつか空きがあるのよ。そうだわ、ちょっと待って。確かペントハウス・スイートが空いてるはず！　まかせてちょうだい！」

最高のキャビンを誇るペントハウス・スイートは、船に一室か、せいぜい二室しかない。

「あ、だめだめ、だめなの。ペントハウスなんてとんでもないわ！」

「いいのよ。だって私、昔、楓子のお祖父さまに、ロンドンから北海、そしてバルト海を通って、サンクトペテルブルグへ行くクルーズに招待してもらったじゃない。私ね、あの時の素敵な船旅が忘れられなくて、父の船会社にクルーズ部門を作ってもらったんだから。あの時、私たち、お姫様みたいに毎日着飾って、楽しかったわよね」

吉井くんは、スケールの大きな話を耳にして、頭の芯がボーッとしていた。こういう楓子さんのライフスタイルには慣れたつもりだったが、やはりまだ慣れていない。

「で、楓子、そちら旦那様？　めっちゃ若くてハンサムねー。うらやましーわー」

「あ、違うのよ、こちら吉井遼《りょう》くんといって、私の仕事のパートナーなの」

「パートナーってことは、旦那様でしょ？　いーわねー」

梨花子さんが小声で言う。

「違うって。私、まだ独身だから。ほら名前、森野楓子のままでしょ？」

楓子さんは、キャビンにかかったネーム・プレートを指す。

「お婿さんもらったのね？　わかるわ、楓子一人っ子だもん」

梨花子さんはさらに声をひそめる。このお友達は全く話を聞いてくれない。いかにも楓子さんの友達らしいといえば友達らしいが……。

「だから、違うって。年を考えてよ。……吉井くん、ごめんね、こちらスミレ女学園の元生徒会長で、私はその時、書記だったの。同級生よ。門田《かどた》梨花子さんだけど、もうご結婚されて、苗字《みようじ》は違うわよね？」

「いいえ、今も門田よ。お婿さんをもらったの。でも子供がいないから、もう私の代で、うちの船会社も終わりかな」

梨花子さんは、ちょっと複雑な表情で言った。

「とにかく、ペントハウス・スイートを用意させてね。お二人一緒でいいわよね？ペントハウスはどっちみち広々としているの。ウェルカム・シャンパンも冷やしておくから、すぐに飲んで」

「だめだめ、二階のスタンダードクラスで充分よ。あのね、梨花子さん。私ね、このクルーズを当ててから、すごく運気が良くなってるの。爆上がりよ。ちょっと前までドツボだったけど、福引で特賞を引いた瞬間から、なんだか元気になってきたの。だから私、この与えられたキャビンでパワーチャージをするつもり。ここに泊まることに意味があるのよ。それにほら、私、豪華客船のペントハウスとか一等船室とか、もういやってほどよく知ってるから、一度、船底に近いキャビンで過ごしてみたくて。きっと船底の方が、より強い海のパワーをもらえると思うの」

知らない人が聞いたら、全員が敵になる発言だった。

「そーなの？　でもスタンダードだと、お食事とか飲み物とか、全部自腹になっちゃうのよ。一等以上だったら、なんでも食べ放題、飲み放題なんだけど……しかも部屋のセラーには最高のワインとシャンパンが常に用意されてるのに……飲んだらすぐ、新しいのが補充されるのよ？」

この瞬間、楓子さんの心が揺れた。

「ううん、ホントに大丈夫。（だって懐は潤ってるの。翻訳頑張ったし、ここは亜蘭さんがご馳走《ちそう》してくれるっていうし）とにかく私、人生初のスタンダードクラスを本気で楽しみたいの」

楓子さんの目はキラキラ輝いていた。この人は根っからのチャレンジャーだった。

「そっか……楓子が言う気持ちもわかるわ……私たち結局、庶民生活からちょっと離れたところにいたから、普通の暮らしっていうのがよくわからなくて、でも、そういう未知の世界って、案外憧れよね？」

ウフフフフ、と梨花子さんと楓子さんは笑った。

……この二人、住む世界が同じだ。吉井くんは今、アウェイ感が半端なかった。

「あ、来た来た。コージくん、こちらのヴィトンのワードローブ、中に入れてね？」

白いスーツの制服姿の、まだ二十代の若い男性クルーは、歯並びのいい口元でにっこり笑うと、

「おまかせください！」

と、超絶爽やかなお返事をした。そして、鼻歌まじりに楽々とヴィトンのワードローブを楓子さんの部屋に入れてくれる。

「楓子……本当にこれでいいの……？　めっちゃ狭くない……？」

ヴィトンを入れると、あとはシングルベッドと小さなソファとシャワールームしかない。テレビは天井からつり下がっている。せっかく大好きな聖子《せいこ》ちゃんが、『渚《なぎさ》のバルコニーで待ってて』と歌っているのに、楓子さんの部屋には、バルコニーどころか窓すらない。

「なんか狭いところって、結構落ち着くー。それにこの部屋の壁紙かわいい！　ベッドのリネン類も私好みー。あっ、枕元にもうチョコレートが置いてある！」

楓子さんはベッドに腰かけると、嬉しそうに部屋中を眺めた。

「狭いところが落ち着く、かあ～、楓子の家、広いもんね。庭も広いし……」

そう言って、梨花子さんはワハハと笑った。

「あの、お客様は、梨花子さんのお知りあいなんですか？」

白い制服の爽やかクルーさんが、たずねた。

「女子高時代の友達なの。高三の時、みんな受験勉強で忙しくて、私は生徒会長おしつけられて、楓子は書記やらされて……私たち、あの最後の年、頑張ったわよね？」

梨花子さんは言うけれど、高校時代からもうすでに書く仕事を与えられていた大河先生に、吉井くんは改めて敬服する。

「コージくん、聞いてよ。楓子は、すごい家のお嬢様でね。お昼のお弁当なんて『象《ぞう》彦《ひこ》』の三段重ねのお重で持ってくるのよ。毎日最高のご飯、おかず、フルーツ、それに外国のチョコレートが一コ入っていて、みんなによく取られてたわよね？」

象彦とは、一六六一年創業の京都の老舗漆店である。

「やだもう梨花子さん、記憶力よすぎなんだから！　お弁当の話まで、やめて～！」

楓子さんが恥ずかしがっている。

「記憶力がいいのは、楓子でしょう？　今でも一度見た数字とか、全部覚えちゃってるの？」

ええ、はい、覚えてるんですよ。先生は自分が書いた小説の何ページの何行目に何書いたとか、しっかり記憶してます。それだけでなく、パッと開いた僕の小銭入れの中の金額とかも、一瞬で計算しちゃうんです……と、吉井くんは少し遠い目だ。

「この世に梨花子さんより上のお嬢様がいるって、すごくないですか？」

ヴィトンを運んでくれたクルーが笑った。この船のスタッフは仲がいい。年齢差関係なく名前で呼び合っていた。

「いるのよー、私が通ってたスミレ女学園って、ケタ違いのお嬢様だらけだから。私なんて、どっちかっていうとフツーかな？」

いや、フツーじゃないと思う。と、吉井くんは心の中でツッコんでいる。

「ま、とにかく、済州島・釜山の旅を楽しんでね。後で、冷麺のおいしい店教えてあげる。生マッコリもいいわよー。お土産に買ってって？　あっ、えっと……それからお隣の2364号室がパートナーさんのお部屋ね。吉井くんっておっしゃったっけ。……吉井くん、どうぞ楓子をお願いね？　楓子は昔から、突然なんだかすごいことをやらかしたり、巻き込まれちゃったりしてるから……」

梨花子さんは心配する。楓子さんは、苦笑いするしかない。

「ええ、そこらへんはよーく知ってますので、大丈夫です。楓子さんは色々ありますけど、基本、すごい強運なので、結局いつも僕が助けてもらってるんです」

「なのよね――――、そうそう、楓子、強運なのよぉ……」

梨花子さんはまだまだ話したそうだった。

でもその時、梨花子さんのイヤホンに連絡が入り、ハンズフリーで話しだす。

「はい、こちらマネージャー。……了解、只今、二階デッキです。え、八階？　パノラマデッキ？　ソファがカタイ？　窓が汚れてる？　わかりました、すぐ行きます！」

出帆したばかりの船はてんやわんやで、梨花子さんにあちこちから連絡が入ってくるようだ。マネージャーとは客室部門のトップ、ホテルマネージャーのことだ。いわゆる総支配人。

「楓子、困ったことがあったらすぐレセプションに連絡してね。門田お願い、って言えば、飛んでいくから。あ、それからこの船、カジノあるから行ってみて。楓子、カジノ好きよね？　高一の文化祭でうちのクラス、カジノ開いたわよね？」

「うわあ、文化祭のカジノ、なつかし――い。そうね！　船と言えばカジノよね。私、行ってみるわ！　この船、ノルウェー船籍よね？」

楓子さんの目が、がぜん輝きだす。

「当たり前じゃない！　カジノのために、わざわざ外国船籍にしたのよ！　がっちり儲《もう》けて！」

梨香子さんがいなくなると、楓子さんは狭いキャビンで、しばらくクルクル踊っていた。

「あのー、さきほど梨花子さんが言ってた外国船籍って、どういう意味ですか？」

楓子さんが落ち着いたところで、吉井くんは聞いた。

「この『ゴールデン・クイーン』号は、梨花子さんのお父さまの金門汽船がオーナーなんだけど、この船を日本船籍にしちゃうと、現金でカジノで遊べなくなるの。使うのはおもちゃのコインになって、それを船のショップのオリジナルグッズとかに換えてもらえるだけ。でも、カジノが合法の国の船籍だったら、本物のお金を使うカジノが開けるのよ。これはノルウェー船籍だから、ここには立派なカジノがあるのよ。私が好きなのは、スロットマシンとブラックジャックかなー。七時からディナーだから、それまで軽く遊んでいかない？」

吉井くんはラジャーとばかりに敬礼した。この船では楓子さんがキャプテンだ。

そして二人は、また四階のプロムナード・デッキに上がると、中央にある豪華なカジノへ躊躇《ちゅうちょ》せず入っていく。黒いガラスの扉が開いただけで、そこから熱気があふれてくる。乗船客の笑い声や話し声、各種マシンの音でかなりざわついている。スロットマシン、ルーレット、そしてカードゲームを楽しむ人が大勢いる。ディーラーはほとんどが外国人だ。男女ともに黒服を着ている。カジノの中はまるで外国だ。

実は、大型客船は豪華な造りであっても、そのツアー代金は思っているほど高くはない。特に外国船籍ではカジノ収入が大きく、それがクルーズ料金を引き下げる力となっている。

大きな船になればなるほど、リーズナブルな料金設定ができるのがクルーズだ。決して手が届かない旅じゃない。大型客船は今や大衆的なツアーになっている。

吉井くんはカジノ初心者なので、楓子さんの勧めで、まずはスロットマシンを試してみた。千円をアメリカの五セント玉に換金して、少額のスロットマシンから始めている。五セントとは現在のレートで約五・五円だ。負けてもそれほど痛くない。他にも二十五セント、五十セント、一ドルのスロットマシンがある。

一方楓子さんは、空《す》いているカードテーブルを選び、ブラックジャック（別名トゥエンティワン）を始める。ブラックジャックとは、カードの合計点数が二十一点を超えないよう、プレイヤーがディーラーより高い点数を得ることを目指す遊びだ。

このテーブルのディーラーは、金髪に青い目が素敵な北欧男性だった。

最初ここでは楓子さんともう一人、別の日本人男性がプレイしていた。楓子さんは五千円をチップに換金してゲームに参加したが、日本人男性は負けがつづき、テーブルを去ってしまった。残された楓子さんは、ディーラーと差しで勝負を始めるが……十分もしたところでゲームをやめてしまった。そして、ちょっとがっかりした表情で吉井くんの所へ戻ると、

「え、あれっ、楓子さん、もうカードやめたんですか？　負けちゃいました？　ほら、僕の見てください！　今、すごく調子いいんです」

受け皿に五セント玉が、じゃらじゃら落ちている。

「だって……ディーラーが、わざと負けるの……梨花子さんが気を遣ってくれたみたいで……そうじゃないのに……」

楓子さんは、賭けたチップの枚数が倍になったところで、すぐにおかしいと気づいた。こういうことはたまにある。ディーラーはプロなので、相手が上客だったり、いつも大金を落としてくれる常連客、接待しなければいけないお客様などがくると、上手に勝ち負けをコントロールしてしまう。たぶん梨花子さんがディーラー全員に、楓子さんを接待してほしいと通達しているのだ。

「えっ、じゃあこの、僕が今勝ってるスロットマシンもわざとですか？」

吉井くんは、バーを握る手を一旦止めてしまう。

「ううん、機械モノは大丈夫よ。吉井くん、どんどん儲けてね」

「ええ、はい……じゃあ、頑張ります！」

楓子さんは海風に吹かれようと、カジノを出てまた甲板に立つ。

五月の風が気持ちいい。そして、外はもう薄暗い。

遠くに光が見えるところが海岸線だ。見知らぬ人の暮らしが海の向こうにある。

電車が走っているのもわかる。海側から見る人々の生活はなんだか愛《いと》おしい。

と、その時、三メートルほど離れたデッキに、楓子さんのように海岸の光を見つめている女性がいた。年の頃、ちょうど奈々子さんくらいのアラフォーだ……。

「まだ出帆して二時間も経ってないのに、地球の裏側に来たような寂しさを感じませんか……？」

楓子さんと目があった瞬間、その女性が言った。びっくりする一言だった。楓子さんもそれと似たようなことを感じていたからだ。

淡い黄色のふんわりしたワンピースが、優しい雰囲気の彼女によく似合っている。

「ホントですね。私、船旅って大好きなんですけど……なんか色々、昔のことを思い出して、ちょっと感傷的になりますね」

楓子さんの場合は、家族を思い出すからだ。昔はよく、お祖父さま、お祖母《ばあ》さま、お父さま、お母さまと、ことあるごとに世界中を船で旅したので、なぜ今、自分は船にいるのに一人なのだろうと、少し胸が苦しくなる。でもこれは、つらい苦しさではなく、愛された記憶を呼び起こされる時の、せつない胸の痛みだ。

「それでも、船っていいですよね？　海風を受けているだけで、癒されます」

楓子さんは言った。

「ホント、確かに、海って癒しのパワーがありますよね。塩の浄化作用のせいか、こうして甲板に立っているだけで、元気になってくる感じがするわ」

彼女は、元気ではなかったのだろうか。楓子さんは気になってしまう。

「あの、何かいただきません？」

楓子さんはバーカウンターを指さしてお誘いした。楓子さんはアルコールを飲む時は、基本誰かと一緒に飲むことを好む。

「ああ……私、アルコールが飲めないんです……」

女性は申し訳なさそうな顔になる。

「それは残念……」

楓子さんも、がっかりだ。

「でも誘ってくださって、ありがとうございます。今度お会いした時は、ティーラウンジでお茶しましょう？　ここのケーキとってもおいしいんですよ」

彼女は『ゴールデン・クイーン』のリピーターなのだろうか？　ティーラウンジのこともよく知っていた。

「あの、私、森野楓子っていいます。楓子って呼んでくださいね」

「わたしは、春野《はるの》やよいです」

小柄で丸顔、ふくよかな笑顔がとても可愛らしい。

「素敵なお名前ね、やよいさん。一度聞いたら忘れないわ」

楓子さんは、やよいさんに微笑《ほほえ》んだ。

と、この時、ズボンのポケットをジャラジャラ鳴らしながら吉井くんがやってきた。

「こんなにコインばっかり、どうしようー」

吉井くんが楓子さんの隣に立つと、

「まあ、息子さんもご一緒だったんですか？」

と、やよいさんが吉井くんに微笑んだ。

「ええ……そうです……息子……です……」

楓子さんは、苦笑いだ。

「いいですね、男の子は。しかも、ハンサムな息子さんね？」

褒められた吉井くんも苦笑いだ。

やよいさんがデッキを去ると、楓子さんは聞いた。

「ねえ吉井くん。旦那さんって言われるのと、息子さんって言われるのと、どっちがいい？　立ち位置決めとく？」

「僕が楓子さんの息子だったら、楓子さん、十歳の時に、僕を産んだことになりますよね？」

現在二十七歳の吉井くんは、アラフィフの楓子さんに言った。

ということは、楓子さん、現在三十七歳か!?

「もう、吉井くんったら、うまいんだからー。やだ──、きゃあ」

楓子さん、大爆笑だ。すごいウケてる。現在三十七歳がかなり気に入ったらしい。

「じゃあ吉井くん、その五セント玉、カジノで換金してもらいましょう？　あちらだってコインは必要だから、戻しにいかないと」

そして楓子さんの言うとおり、楓子さん十歳の時の息子・吉井くんの五セント玉は、機械に入れるとすぐに米ドル紙幣に換わった。

なんと三十ドルちょっとある。千円の元手で三倍以上儲けたわけだ。

「楓子さん、五階のエンターテインメント・デッキのギフトショップに行きましょう！　楓子さんに、何か記念になるものをプレゼントしますね。実はさっき、ちらっとのぞいたら、この船の船長さんの服を着たテディベアがありましたよ。楓子さん、絶対好きだと思って！」

吉井くんの言葉に、楓子さんは一瞬、泣きそうになった。

船旅といえばいつも、母や祖母に、クマのぬいぐるみを買ってもらっていたことを思い出す。たいてい船のクマちゃんは、船長さんの服を着ていた。

「ありがとう……吉井くんはまるで……私の家族ね……」

楓子さんは、海岸線の家の光を見て、あちらからもこの船の光が見えていることを願った。

その光と光で、私たちはつながっている。

そして、空の上に行ってしまった家族も、今の自分を見て、きっと安心してくれるだろうと思った。

ハートの行方

波の音が聞こえる。船底はゆりかごのように、ゆらゆら揺れる。

楓子さんは最近、こんなにぐっすり眠ったことがなかった。

昨夜、消したはずの天井のルームライトがついている。時計を見ると七時だ。

窓がない楓子さんの部屋は、朝を知らせるために、自動的に室内にライトがつくしくみになっており、天井から降りているＴＶモニターも同時にＯＮとなり、そこにライヴ映像の海の様子が映し出される。今朝も快晴だ。

渚も見えず、バルコニーもなしの内側スタンダードクラスのキャビンだが、楓子さんは起きがけに聖子ちゃんの『渚のバルコニー』をノリノリで歌ってみた。

出入口扉の下には、船内新聞が差し込まれていた。『デイリー・プログラム』と呼ばれるそれには、船内の日替わりイベントやアクティビティがお知らせされている。

今日は、『At《アット》 sea《シー》 day《ディ》』と呼ばれる、『終日航海日』なので、どこにも寄港せずに航

マをもてあましちゃうかもしれないし、是非、招待させて」

「えっ、いいの？　お邪魔にならない？」

「いいわよ――、そのくらいさせて、私、楓子のお祖父さまにクルーズに招待された時、どんだけ操舵室にいりびたってたと思うの？　あの頃は、ゆるゆるで楽しかったわねー。キャプテンやオフィサーに可愛がってもらって、最終日のキャプテン主催のディナーパーティーでは、二十歳そこその私たちがキャプテンズ・テーブルでお食事させてもらって……私、昨日のことのように覚えてるわ……」

梨花子さんは、楓子さんを見ると話が止まらなくなる。

「あっ、いけない、じゃあまたあとで、連絡するわね」

イヤホンから連絡を受けると、梨花子さんは行ってしまった。

そして、楓子さんは、お粥《かゆ》、温泉卵、納豆、焼き鮭《ざけ》、海苔《のり》、ほうれん草のおひたしなどなどの和食。吉井くんは、トーストに発酵バター、チーズオムレツ、香草入りソーセージ、ヨーグルトの洋食をいただいている。

「楓子さんが和食って、めずらしいですね」

吉井くんは目覚めのカフェオレを飲みながら言う。

「うん、昨日ちょっと飲みすぎちゃって……夕食のお肉料理も豪華だったし、今日は一日中船だから運動しないし、朝は軽めにしないとね。あ、お粥、おいしい。四万十《しまんと》川のあおさのりをのせると、無限に食べられちゃう……逆に危険ね……」

楓子さんはうっとりしながら、朝食を楽しむ。

「ホントだ、楓子さんのお粥おいしそう……僕も和食にすればよかったかな」

吉井くんはどうも人のご飯が気になる。

「吉井くんもあとで少しお粥をもらいにいったら？　胃が落ち着くわよ」

「え、僕、和食も食べていいんですか？」

「いいのよ、何食べてもいいの。ビュッフェ・スタイルだから」

ここには大勢の乗船客がいるので、朝のメインダイニングはビュッフェ形式だ。それが落ち着かない人のために、アラカルトで頼めるレストランも別の階にあるが、三等のお客様は、そちらでは有料となる。

ふと見ると、中央の小さなテーブルで、昨日デッキで会った春野やよいさんが、お一人で食事をしていた。時折、スマホを覗《のぞ》き込みながら、お粥を食べている。やよいさんは楓子さん同様、和食を選んでいた。お粥は体に優しい。

「吉井くん、船室はどうだった？　あなた、背が高いから天井が低く感じない？」

「そうですね、天井は若干低いですけど、あのキャビン、落ち着きますよね。ベッドに入ると、ゆりかごにいるような感じで、一瞬にして寝落ちしちゃうんです……」

「ゆりかごっていうか、母親のおなかにいた時のような安心感じゃない？」

「ああ……それ、あるかもしれませんね……母体かあ……ふーん」

吉井くんはなんだか、納得してしまう。

「みんなが朝食を終えてしばらくしたら、鳴門海峡を通過するんですって。すごい揺れるのかしら？　そうだわ、鳴門って徳島よね？」

「ええ、徳島と兵庫の淡路《あわじ》市との間です」

「吉井くんは、四国は香川の出身だものね。徳島なんて庭みたいなものでしょ？」

「遠足で行きました。渦潮クルーズみたいなのがあって……みんな、酔ってました」

吉井くんは苦笑いだ。盛大に船酔いしたのだろう。

「吉井くんって、もしかしてこのゴールデンウィークに、ご実家に帰られる予定とかあったんじゃないの？」

楓子さんは急に、帰省の予定のあった担当さんを、無理やりこのツアーに参加させてしまったのではないかと気づいた。

「いえ、ゴールデンウィークに帰ることは、あまりないです。帰るとしたら、お盆とかお正月ですね……」

「でも、お正月ってここんとこ毎年、うちに遊びに来てくれてるわよね……大晦日《おおみそか》のカウントダウンの時もいるわよね」

「ああ……そういえばそうでした。楓子さんちのお餅とか、おせちとか、栗《くり》おこわとか、鉄板焼きとかが好きでつい……ご馳走になりにいっちゃって……」

「私、おかげでいつも賑《にぎ》やかな年末年始を過ごさせてもらってるわ……ありがとう」

楓子さんは改めてこの優しい担当さんに、お礼を言いたくなる。

「いえ、こちらこそ、いつもいつもお邪魔しちゃって……すみません」

こんな息子がいたら本当に幸せだろうな、と楓子さんは思った。

と、その時だ。紺の背広を着たロマンスグレーの紳士が、楓子さんたちのテーブルにやって来た。

「朝食、楽しんでいただけていますか？」

金縁の上品な眼鏡がよく似合う、ダンディな男性だった。恰幅《かっぷく》もいい。

背広の袖口から見えるカフスボタンは、水色のウェッジウッドの錨《いかり》のデザイン。クルーズにぴったりのお洒落だ。白と水色のストライプのワイシャツは、一目でオーダーメイドとわかる良い仕立てだ。

「初めまして、私、門田梨香子の夫で門田峰明《みねあき》と申します。この度は『ゴールデン・

クイーン』にご乗船、ありがとうございます」

なんと、梨香子さんの旦那さんが、わざわざご挨拶に来てくれた。

「こちらこそ初めまして、森野楓子です。それと、こちらが吉井遼くんで、私の仕事を手伝ってくれているんです。素敵なお船で、私たち二人、すごく感動してます」

「あの、梨香子から申しつかっておりまして、朝食が終わられましたら、是非、操舵室へご案内したいと思いまして。ちょうど渦潮が面白い時間帯になりますから」

門田さんが親切にもそう言ってくださる。

「ありがとうございます。では是非、見学させてください。で、あの、ご主人さまは、今、このお船で働いてらっしゃるんですか？」

楓子さんは、たずねた。

「いえ、私は陸上勤務で、梨香子の父親の金門汽船の貨物船などを担当しているんです。今回は、たまには自社のクルーズも見学してみようと思って乗り込んできました。といっても、私はたいした戦力にはならないのですが」

と言いながら、苦笑した。

「ではまた、のちほど。お迎えにまいりますね」

と言って、門田さんは去って行った。

「感じのいい旦那さんね……。私、結婚式に招待されなかったから、旦那さんにお会いするのって初めてなの。お婿さんって言ってたけど、とても頼りがいがありそうな人ね」

「ホント、梨香子さんとお似合いですよね。美男美女で」

その時、遠くにいる春野やよいさんと目が合った。

楓子さんが小さく手を振ると、彼女も小さく振り返してくれた。

＊

手が空いたところなのか、楓子さんたちを迎えにきたのは梨香子さん本人だった。

「梨香子さん、いいご主人ね。先ほどご挨拶に来てくださったのよ」

「ゴールデンウィーク中、彼はお休みだからね、暇で乗り込んできたのよ」

梨香子さんはそう言うけど、嬉しそうだ。

「私は、旦那だったらホントはもっと若い人がいいんだけどぉ。私、男性に対しての許容範囲が広いのよ。下は二十二歳くらいからオッケーよ。って、下の人がこんなおばさん、許容してくれないか――」

梨香子さんはワハハーと豪快に笑い転げたまま、操舵室に連れて行ってくれた。

船内最上階にある操舵室は、百八十度ガラスに囲まれて、視界が豪華だった。

昔のように航海士が直立不動で立っている姿はなく、かつまた、そこには羅針盤も大きな舵輪《だりん》もなく、みんな着席して操船しているその姿は、まるでSF映画の中の宇宙船のようだ。

「うわあ……あの……ここって、撮影してもいいんですか……？」

感動している吉井くんは、梨香子さんにたずねた。

「もちろんよ、ただ画像はSNSとかにアップしないでね？　悪いヤツが操舵室の構造を知っちゃうと危ないから」

梨香子さんに許可をもらい、吉井くんは遠慮がちにスマホに画像をおさめる。いつかきっとタイガーショーのために、これらが必要な資料になると信じて――。

梨香子さんが操船の中枢となる制御装置《メインコンソール》エリアに入っていくと、そこでは、航海士二人が双眼鏡で海を眺めていた。

「あの、ちょっとヨウくん、今いいかな？」

一人の航海士が、梨香子さんの声に振り向いた。

「あれ、どうしたんですか？　梨香子さん、珍しいですね。こんなところまできて」

その航海士の白い半そでシャツの肩に『肩章』と呼ばれる金筋入りの階級章が見える。黒地に三本の金筋……。

楓子さんは思わず、パンナムバッグの中のクマのキャプテン吉井遼二郎くんをチラ見した。リョージーの肩には四本。

「こちら、『ゴールデン・クイーン』号のチーフ・オフィサーの蓮見《はすみ》ヨウくんっていうのよ。ヨウって、太平洋の洋って書くの。すごくない?」

名は体を表すというが、梨香子さんの言う通りだ。

「初めまして、私、梨香子さんと同じ高校だった森野楓子と申します。で、こちらが吉井遼くんで、私の仕事仲間です」

吉井くんも「初めまして」と、ニコニコ挨拶をかわす。仕事熱心な吉井くんは、彼に取材したい気持ちMAXだ。

「あの……チーフ・オフィサーって、一等航海士さんでしょう? ずいぶんお若いのに、階級が高いですね。次はキャプテンね?」

楓子さんは感動しながらたずねる。蓮見洋一等航海士は、どう見てもアラサーだ。そうとう優秀な航海士さんに違いない。

「僕、もう三十七なんです。ゼンゼン若くないですよ」

蓮見一等航海士が笑った。笑うとすごく人なつこい感じだ。

「どう、楓子、旦那さんにお勧めよ？　洋くんはなんとまだ独身なの。彼は年上好みだから、楓子なんてぴったりよね？」

梨香子さんがまた冗談を言うと、蓮見一等航海士もうなずいて笑う。

「あ、いえ、そんな……私、吉井くんがいるから、ね……？」

と、楓子さんは、吉井くんに無理やり相槌《あいづち》をうたせる。かなりハンサムな一等航海士を前にしどろもどろだ。

夏を先取りしたような真っ白な開襟シャツに金ボタン、日焼けした胸元、白い制帽もお似合いだ。背が高く、黒目がちで、眉はりりしく、きっと女性乗船客にモテモテだろう。

「あ、楓子さん、そろそろ、鳴門の渦潮をご覧になれますよ」

蓮見チーフ・オフィサーはそう言うと、また操舵席に着席した。

キャプテンは現在、就寝中で、その代わりに一等航海士の彼が任務についている。


その一時間後……。

吉井くんは、キャビンで横になっていた。

最上階で眺めた渦潮は迫力満点だったが、船体は揺れにゆれ、四国のすぐ近くを進んでいるというのに、甲板で故郷の風景を眺めることもできず、体調をくずしていた。

楓子さんは、船酔いの薬をもらってくると吉井くんに飲ませた。それから、そっと船室を出て行こうと一歩足を廊下に出した時、同じ二階スタンダードクラスのバルコニー側の部屋に入っていく男女の姿を目にした。楓子さんはびっくりして、いきなり体を引っ込め、また吉井くんの部屋に戻ってしまった。

「どうしたんですか……?」

慌てた様子の楓子さんを、吉井くんは妙に思った。

「あ、ごめんね、なんでもないの……。吉井くん、寝ててね。薬は一時間もすると、効くからね」

楓子さんは、近くにあったソファに腰かけた。動悸《どうき》がおさまらない。

バルコニー側の部屋に入っていったのは、春野やよいさんだ。

そのつきそいが、梨香子さんのご主人だった。

見間違いかもしれない。それか、具合の悪くなったやよいさんを、仕事としてキャビンに送り届けただけかもしれない。

けれど梨香子さんの旦那さんは、やよいさんをいたわるように肩に手をそっとかけていた。従業員と乗船客という感じには見えなかった。

いや、もうそんな人のことに、首をつっこんではいけない。自分が関知することではないと、楓子さんは今見たことを忘れようと必死だ。

「さっきの蓮見一等航海士さん、カッコよかったですねー。楓子さん、どうですか、旦那さんに……」

吉井くんは、具合が悪いくせに、しゃべりかけてくる。

「うん、でも蓮見チーフ・オフィサーは彼女いるわよ。首にネックレスしてた」

「えっ、今時、彼女関係なく、男もネックレスくらいするんじゃないですか？」

「ううん、それがね、ハートがギザギザに半分に割れたネックレスなの。私が子供の頃に流行《はや》ってたやつで……二つに割れたハートのネックレスを、男女それぞれが持って、ペアを楽しむの。今時はもう見ないけど……彼、それを首にかけてたのよ」

「うわー。ミス・メープルにかかったら、彼女いるいないまで一瞬にして見抜かれちゃうんだ。僕、蓮見さんがネックレスをしていることすら気がつかなかった」

吉井くんは体を少し横にして、枕に顔をうずめてしまう。

「蓮見さんがしていたネックレスは、決して高価な素材じゃないの。一円玉と同じような軽い金属。アルミニウムね……。私の時代のちょっとスンでる小・中学生がよく持っていたペンダントよ。と、いうことは、そうとう昔からの長いつき合いの彼女がいるのよ。吉井くんも、そういうペンダント、女の子からもらったことない？」

楓子さんが聞くが、吉井くんはすでに、すやすや眠りに落ちていた。

その時、楓子さんは何かがフラッシュバックしたような気がした。

それが何だかよくわからないが、何かを思い出しそうで思い出せないでいる。

一瞬見えた、その輝きは……遠い昔の想い出へとつながっていく。

＊

お昼近くになると、吉井くんはすっかり復活していた。

今はまだ瀬戸内海、波は穏やかで、日差しはまぶしかった。

楓子さんと吉井くんは、五階のエンターテインメント・デッキのジェラテリアで、ジェラートを頼んで海を見ながら食べていた。

ここのデッキは空いていた。ジェラートは並ばずにすぐ買えた。デッキチェアも空席が多い。行きがけに覗いたメインダイニングも空いていたので、そこでランチをしてもよかったのだが、朝からたいして動いていないので、ジェラートくらいがちょうどよかった。

楓子さんは、木イチゴ《フランボワーズ》、吉井くんはレモンとカシスを半々でコーンにのせてもらって食べている。

「通路もあまり人が行き来していなかったし、エレベーターもすぐ乗れたし、もしかしてみんな、吉井くんみたいに鳴門の渦潮で気分が悪くなって、今、船室で横になっているのかもね」

「船酔い後のジェラート、おいしいです……ああ、すっきりする……気分いい」

潮風に吹かれて、吉井くんの顔色もよくなっていた。

「あ、楓子〜、いたいた！」

またまた梨花子さんだ。大きく手を振って小走りで来る。本当に元気な人だ。

「午後一時半から、この五階のショーラウンジで、ビンゴ大会があるから来て！」

そう言って、楓子さんと吉井くんに一枚ずつビンゴカードを渡してくれた。

「今日の鳴門の渦潮は、満潮時だったから、いつもより揺れが激しくて、乗船客のみなさん、具合の悪い人が続出で、みんなキャビンで休んでいるみたい。でもビンゴ大会も参加者が少ないと盛り上がらないから、よかったら来てね？」

梨香子さんは、いつもエネルギッシュだ。このクルーズ・シップを心から愛しているのがよくわかる。

「梨香子さん、ご主人は今、どうしてるの？　ビンゴに参加されるの？」

楓子さんはさきほど二階デッキで見た、やよいさんとご主人の姿が脳裏に焼きついて、忘れられない。あれはやはり、具合の悪くなったやよいさんを、ご主人がスタッフとしてキャビンに送り届けたのだと思いたい。

こんなに気になるなら、あの二人がキャビンでどうなるのか、なぜちゃんと最後まで見届けなかったのかと悔やまれた。あの後、ご主人はすぐに部屋から出ていったのかもしれない。――楓子さんはショックのあまり、いつものミス・メープル的な捜査をすることがまったくできなかった。

「この船は広いから、どこで何をしてるのかは、よくわからないのよ。たぶん展望デッキのバーで飲んでるんじゃないかしら。あそこ、彼のお気に入りの場所なの」

「久しぶりのゴールデンウィークですものね。ご主人もたまにはのんびりしたいわよね……」

楓子さんはフォローした。

「そうね。私は一旦下船すると、二週間とか一か月とか、まとまった休みがとれるけど、主人はそうはいかないものね。いつもお互い忙しくて、すれ違いばっかり。私たち、仮面夫婦なのよ」

そう言って、梨香子さんはワハハハと笑った。

「もうまた、そんなこと言って……」

「ううん、本当に仮面夫婦なの……私、あまりいい奥さんじゃないから」

梨香子さんはつぶやいた。

「そんなことないわよ。ご主人はきっと、梨香子さんからたくさん元気をもらってるわ。旦那さんのいない私から見たら、梨香子さんがうらやましいわ」

楓子さんは言った。

「そっちこそ、またそんなこと言って、こんな素敵な吉井くんがいるのに〜〜」

「だから違うって、吉井くんは、私の息子みたいなもんだから〜〜」

「息子じゃないでしょう〜、この贅沢モンが〜〜!!」

梨香子さんが、楓子さんの頭を、げんこつで叩《たた》くふりをする。こうなるとまるで、女子高生二人だ。

「でもホント、私、このクルーズに来てよかったわ。こうして潮風に吹かれているだけで、元気になっていくわ」

楓子さんは遠くに浮かぶ瀬戸内海の島々に目を細める。

「あのね……昨夜、デッキで会った春野やよいさんっていう女性が、海って癒しのパワーがあるって言ってたの。塩の浄化作用のせいか、甲板に立っているだけで元気になってくるって……ホント、そうみたいね……」

楓子さんはいけないと思ったが、彼女の名前を出してしまった。

すると梨香子さんの表情が強張《こわば》り、大きく息を吸うと、静かに吐いていた。

その顔は、もう笑っていない。

「楓子は……相変わらずだね……昔からそう……。誰も知らないことを、うっかり知ってしまう。それで、苦しむ。でも、心配しないでね、私、大丈夫だから。もう、主人を解放してあげようと思ってるの」

吉井くんだけ、二人の会話がまったくわからない。けれど、梨香子さんが何かものすごく深刻な告白をしていることだけは確かだ。

「ごめん……私……余計な事……言って……」

楓子さんは後悔するが、もう遅かった。

「違うって、楓子のせいじゃないから。彼女、あなたと同じ二階のキャビンにいるから、たぶん、二人が一緒のところを見ちゃったんでしょ？　楓子って、昔からそういうとんでもないシーンに出くわすのよね……」

梨香子さんは、楓子さんの背中に手をおいた。

「梨香子さん……ごめん……私……何かの間違いだと思いたくて……」

楓子さんが泣きそうになる。

「間違いじゃないの。彼女と主人は、もう七年くらい前からつきあっているのよ。でもね、うちの会社の陸上勤務、彼がいないと回らなくて。仕事はよくできる人なの。彼は会社を辞めて私と離婚したいって何度も言ったけど、私が引き留めていたの。私がいけないの。私は好きな人がいたにもかかわらず、父の勧める彼と結婚したから」

梨香子さんのイヤホンから、あれこれ連絡が入っている音がもれてくるが、梨香子さんはもうそれに対応しないでいた。

「私が力になれることって、ある？」

楓子さんは泣きそうな顔で、梨香子さんに言った。

「そうね、まず、ビンゴ大会に参加して？　そこで盛り上がってくれたら充分よ。お願いね。一等賞はどこでも使える百貨店の商品券三万円分だから」

梨香子さんは、いつもの笑顔に戻ると、ふっきれたように言った。そしてまた、甲板を離れて行った。

楓子さんはしばらく呆然《ぼうぜん》としたまま、身動きがとれなくなっていた。

吉井くんは事情はよくわからないが、しょんぼりしてしまう。

「……スミレ女学園の皆さんって、たいてい『さん付け』で呼び合っているのに、梨香子さんは、楓子さんのことを楓子って言うんですね？」

この吉井くんの言葉に、楓子さんはあることを思い出した。

「そうなの……梨香子さんは、私と同じ、スミ女の高等部から入ってきたんだけど、中学の時に病気して、しばらく学校に通えなくて、私たちより一年お姉さんで……それで、彼女は私たちみんなを呼び捨てにしてたんだわ……頼りがいがあって、みんな梨香子さんのこと好きだったな。私もずっと、憧れてたの……」

楓子さんの記憶が、また一つよみがえってくる。

その時、何かがフラッシュバックした。今度は見えた。

ハートの片割れペンダント。体育の着替えの時、それはいつも、彼女の首にかかっていた。

「ううん……そんなわけない……そんなの……ありえない……」

楓子さんは独り言をいいながら、何度も何度も首を振り始める。

「ああ……ごめん、吉井くん……私、今とてもビンゴなんてできない……」

楓子さんは思い当たることがあり、すごく動揺している。

「ええ、わかってます……。楓子さん、ここ寒くなってきたので、一つ上の階の展望室にティーラウンジがあるから、そっちに行きましょう。ジェラートで体、冷やしちゃったかもしれませんね？」

優しい担当さんが心配する。

「吉井くん……私なんて、ホント、能天気でダメなおばさん、いやになる……」

楓子さんはかなり落ち込んでいた。

「楓子さんは、おばさんじゃないですよ。だってほら、まだ三十七歳だし」

吉井くんは、楓子さんを笑わせようとして、またこの話をする。

……楓子さんは……十歳で……吉井くんを……産んだ……。

ああ……そうか……そうだったのね……。

楓子さんは突然、すべての謎がとけたかのように、しばらく下を向いたまま、動けなくなってしまう。

「楓子さん……？」

「吉井くん……ごめんね……ちょっと陰に隠してもらっても……いい……？」

吉井くんがうなずくと、楓子さんは、その背中にまわり、誰からも見えないように泣いた。

自分がまだ能天気に過ごしていた学生時代、あの大好きな同級生は、きっと死ぬ思いで生きていたのだろう。彼女は何かを忘れようと、いつも色んなことに没頭していた。私たちは、そんなエネルギッシュな彼女にいつも頼りきりで、彼女のかかえる孤独を考えたことがなかった。

それを思うと、楓子さんは涙が止まらなくなっていた。

「ごめんね……楽しいクルーズで泣いたりして……。あ、でも、もう大丈夫……ありがとう。ティーラウンジ、行く？　ケーキ、食べる？」

楓子さんは涙をふいて、やっと歩き出した。そこにはタイガーショーも転法輪弘《ひろし》もいなかった。ただの森野楓子さんが、友達を思い、その痛みを引き受けていた。


螺旋階段のあるホールに行くと、そこには梨香子さんがいた。手にたくさんのビンゴゲームのカードを持っている。通りかかる乗船客一人一人に配っているようだ。

その梨香子さんが、今、なぜかさっと円錐《えんすい》の柱の陰にかくれてしまった。楓子さんも立ち止まり、少し離れたところで、その様子を見ていた。

その時、どういう巡り合わせなのか、あの春野やよいさんが六階から下りてきた。梨香子さんは「アッ！」と声を上げ、階段を駆け下りていった。

それにびっくりしたやよいさんは、振り向きざま、うっかり階段を踏み外してしまった。

落ちる！　と思ったところで、梨香子さんが、やよいさんを後ろから両手で抱きとめ、大事にはいたらなかったが……。

なに？　今のはいったい何だったの？　楓子さんは、二人に駆け寄っていいのかどうか、わからない。

「奥様、なにっ、なんなのっ？　私を突き落とすつもりなのっ⁉」

あの柔らかな雰囲気のやよいさんが、梨香子さんにきつい声で言った。

「いえ、そうじゃないの。ほら、だってそこに……」

階段に何か、液体がこぼれていた。カクテルをこぼしたあとだろうか？

「滑ってはいけないと思って……」

梨香子さんが、しどろもどろになっている。

「大丈夫なわけがないでしょう？　あなたが私をここから突き落としたって、あなたのご主人の気持ちはかわらないのよ。私はぜったい、この子を産んで育てますから。

もう決めたんです。一人で育てるって。あなたが離婚したくなければ、しなくていいです。でもあなた、この先ずっとご主人から愛されなくて、つらくないですか？」

なんと、やよいさんは妊娠していた。フレアーのあるワンピースで目立たなかったけれど、時折おなかに手をあてるしぐさは、楓子さんも気づいていた。

甲板でバーに誘った時も、アルコールは飲めないと言っていた。

二階の船底キャビンにいるのは、揺れが少なく母体には安全だからだ。

そして今、客船に乗らないと、もう乗る機会がしばらくないからだ。

子供が生まれたら、子育てで忙しくなる。これは彼女の最後のヴォヤージュだったのかもしれない。

「ちがうの……ほら、ここに液体がこぼれているのが光って見えて、あなた、スマホを見ながら下りてきたから、危ないと思ったの。でも、驚かせてごめんなさいっ」

梨香子さんは必死に説明した。

スマホを見ていたのは事実だ。やよいさんは、ようやく自分の誤解に気がついた。

「あのね、やよいさん。私、離婚しようとようやく決めたから。あなたが妊娠されていることも知ってる。ごめんね……長いこと苦しませて……私……主人がいないと、会社をどうしていいのかわからなくて、ずっと引きとめていて……でもさっき、高校時代の友達と会って、彼女は何も言わなかったけど、悲しそうな顔をしていて、それを見たら私……もうこれまでの人生に別れを告げて、次のステップに進まなきゃって思ったから」

梨香子さんは、泣いていた。

梨香子さんが泣くところなんて、楓子さんは初めて見る。

「そんな、奥様……わたしこそ……ごめんなさい……。いったい、なんてことを……言ってしまったのかしら……」

やよいさんは、後悔でいっぱいの顔だ。

「いいの……謝るのは私……会社のためだけに結婚して、主人をしばりつけた。もうみんなを自由にしてあげないとね」

梨香子さんは言った。

「そんな……すみません……ごめんなさいっ。許して下さい……ずうずうしく船にまで乗ってきてっ……」

やよいさんは、みっともなくて顔があげられないまま、謝り続けた。

「いいのよ。もっと早くこうすればよかった……。今、やっとほっとしてるの、私」

涙まじりの梨香子さんの笑顔は、すがすがしかった。

「体を大切にして、いい子を産んでね。そして、主人をよろしくね。あの人、誰よりも子供をほしがっていたの。でも私は、それには応えてあげられなかったから」

梨香子さんが言うと、とうとうやよいさんは、階段に座り込んで泣いてしまった。

その彼女をそっと抱き起こすと、梨香子さんはまた、一段一段ゆっくり、階下へと連れて行く。そして四階まで下りて、エレベーターのボタンを押した。

「船上は危ないから、これからはなるべくこっちに乗って」

梨香子さんは、やよいさんをエレベーターに乗せると、扉が閉まるまでずっと手を振っていた。

それからまた、階段をのぼって五階に戻ると、梨香子さんは、物陰にかくれている楓子さんに声をかけた。

「楓子〜〜！　あなた隠れて見てるの知ってるからね〜〜」

見つかってしまった楓子さんは、吉井くんと共に、おずおずと出てくる。

「梨香子さん……」

楓子さんはもう、どう慰めていいのかわからない。

「すっごい、スッキリよ。これからは私、いい男見つけに、婚活の旅にでるわ。若い子がいいな〜〜」

梨香子さんが、吉井くんの顔を見ながら言う。

「吉井くん、おばさんだけど、私どうかな？　これで結構つくすタイプなんだけど」

梨香子さんは、アタックしている。

「いえ、僕なんて若輩者過ぎて……。あ、あの、先ほどのあのカッコいい蓮見一等航海士さんなんてどうです？　お二人、お似合いでしたよ」

「そりゃ、似合うわよ。だって息子だもん」

梨香子さんは、ケロッとした顔で言った。

「楓子、気づいてたでしょ？」

梨香子さんに言われて、楓子さんはうなずきながら、大粒の涙をまたポロポロとこぼした。

「だって、蓮見さんが身に着けてたハートの片割れのネックレス、スミ女時代に、梨香子さんが同じものを首にかけているの、見たことがあるから……」

「そっか。楓子は、観察力も記憶力も桁違いにいいもんね……あれを見られてたか」

梨香子さんは、大きなため息をついた。

「私ね……十五歳で、洋を産んだの。神戸の私立中高一貫校に通っててね、当時つきあってた彼が、高校卒業と同時にアメリカに留学するっていうから、私、どうしても離れたくなくて……。私は中二で、彼は高三で、子供ができた時はもう、彼はアメリカに行ってた。親に言うと中絶させられるから、私、堕胎できないところまで頑張って隠して、お腹《なか》で赤ちゃんを育ててたの。でもさすがに八か月で親にバレて、学校も途中でやめて、東京へ引っ越してきて洋を産んで、それからスミ女に一年遅れで入ったわ。洋は……産んだと同時に、うちの親が私の手の届かないところに連れて行ってしまった……。その子がどうなったのか、わからなくなった。でも、いつかきっと捜し出してやると思ってた。アメリカに留学した彼は、子供のことは知らないの。彼、留学先の大学で航海演習中、水難事故に遭って亡くなってしまったから……。彼、あちらの大学で、航海士になるための勉強をしてたのよ。ハートの片割れのペンダントは、安物だったけど、出産前に中三の私が、自分で買いに行って、それだけは、赤ちゃんに渡してほしいって、泣いて必死に親に頼んだの。そしたら洋はちゃんとそれを身に着けていた……出逢《であ》った時、奇蹟《きせき》だと思ったわ……」

「蓮見さんは……梨香子さんがお母さんって、知ってるの？」

「うん、知ってる。言わなかったけど、バレてた。私が特別扱いばっかりするから」

そう言って、ペロッと舌を出して笑った。泣き笑いの梨香子さんは、可愛い。

「楓子に洋の奥さんになってもらいたいって言ったこと、冗談でもないのよ。楓子み

しかし、楓子さんが部屋に案内され、扉を開けるとそこには、ただただ細長い部屋があるだけ。シーツの糊《のり》だけパリパリにきいている、なんとも味気ないシングルベッド。薄暗い壁のシミが、陰気な雰囲気に拍車をかけている。バスタブはなくシャワーのみ。小さなしょぼくれた固形石鹸《せっけん》が一個。

すぐ折れそうな薄っぺらい柄の業務用歯ブラシ。しかも歯ブラシのブラシ部分に、歯磨き粉がもうついている。一日一本だけ使えということだ。朝磨いたら、夜にはもう磨けない。練り歯磨きがないからだ。それを毎日一本ずつあてがわれ、地球にはとことん優しくない、どんだけ、プラスチックゴミに無頓着だと、世界中から批判を浴びそうなホテルだ。

正面、やや上方についている磨《す》りガラスの窓は、せいぜい縦四十センチ×横八十センチ。その窓の外から、大通りの車の往来の音が漏れ聞こえてくる。しかし、景色は見えない。

部屋は白々とした蛍光灯で照らされ、その下にいる楓子さんの顔は、まるで病人のように映る。

エアコンは稼働しているが、クリーニングしていないのか、カビの臭いがする。

唯一、デスクと椅子だけは、使いやすいしっかりしたものが置いてあるが……。

「えっと、楓子さん、お疲れ様です……大丈夫でしたか……」

楓子さんのビジネス・ホテル到着と同時に、部屋に現れたのが吉井くんだった。

吉井くんは、罪の意識からか、真っ白な顔をしている。

「吉井くん……ここ、パジャマあるって言ってたけど、こんな、オジサンが着る、甚《じん》兵衛《べえ》とステテコみたいなのしか、ない……」

楓子さんは、化粧台の下の引き出しから浴衣みたいな甚兵衛セットを取り出し、吉井くんに見せた。

「うわっ!! で、では僕、これから三越《みつこし》本店に行って、ステキなパジャマ買ってきます! 可愛い花柄とかがいいですよねっ!」

「それだけじゃないの。この冷蔵庫の中、栄養ドリンクしか入ってないの……マムシなんとか、とか、スッポンなんとか、とか……マカがどーたらこーたら、とか」

部屋の隅にある、さっきからウィンウィン鳴っているやかましい冷蔵庫を開け、楓子さんは言う。

「私、栄養ドリンク飲む習慣なんてないの。まだビールの方がよかった……お水もほしい……」

楓子さんの声が震えている。

「ええ、ええ、もちろんです。存じ上げてます。えっと、あの、僕、三越行ったついでに、フォートナム＆メイソンのショップに寄って、何種類か楓子さんの好きな紅茶のティーバッグ、買って来ますね。イングリッシュ・ブレックファストはもちろん、クィーン・アンとか、あ、そうだ、ロイヤルブレンドもかかせないなー。そうだ！　紅茶をいれるなら、イギリスの硬水のミネラルウォーターも買ってきますね！」

なるべく楽しいイメージをあふれさせようと、吉井くんは必死だ。

「でも、ここね、電気湯沸かし器もないの。朝昼晩、私に栄養ドリンクを飲めってことみたい……」

ここで楓子さんは、とうとうわーっと泣きだしてしまう。

「楓子さんっ、電気湯沸かし器は、フロントに頼めばお借りできますっ。あっ、そうだ、えっと、僕、これ買ってきましたっ」

吉井くんの手には、タカノの紙袋が握られている。

その中には、大量の各種フルーツシャーベットと、フルーツ山盛りクリームたっぷり生ケーキが数種類入っている。

「吉井くん、ごめんね、せっかく買ってきてくれたのに、この冷蔵庫、冷凍庫ないから……」

「えっ!! そっ、そうなんですかっ! わ、わかりました。では、シャーベットは、フロントにお願いして、保存してもらいますから、楓子さんが、いつでも食べたい時に食べられるようにしておきますねっ」

吉井くんも、とうとう泣きそうになっていた。

「僕が……僕にもっと力があれば……楓子さんをこんなところに閉じ込めないのに。僕さえしっかりしていれば、亜蘭さんを説得できたのにっ」

「吉井くんのせいじゃないわよ。書けない私がいけないの。こうなったら私、屋敷の土地を切り売りするわ。もう、それしかないのよ。もう、のんびりしたい……疲れた……もっと早く決断すればよかった……。お祖父ちゃまもお祖母ちゃまも、きっと許してくれる……楓子、お前はもう充分頑張ってきたよって……」

この言葉を聞いて、吉井くんは目が覚めた。

すごくマズイ。ジブンの心が折れている場合じゃない。

大河先生は、まさかの冗談抜きで作家業から引退しようとしている。というか、楓子さんは元々冗談なんて言わないのだ。世の中的には、まるで冗談を言っているように聞こえても、本人はすべてにおいてしごく真剣なのだ。

楓子さんは根っからのお嬢様だ。そのお嬢様がここ何年も、こんなハードな日常を送ってきたのが、ありえないことだった。

「で、でも、楓子さん、あのお屋敷のお庭は、楓子さんがとっても大切にしている場所ですよね？　それに、お庭のあちこちに、それまで飼っていたワンちゃんやら、ネコちゃん、ハムスターに、金魚とか鯉《こい》とか、小鳥さんのお墓もありますよね？　それを掘り返しちゃうことになりませんか？」

吉井くん、そこを突っ込むのはナイスだった。

楓子さんが、広大な敷地を切り売りできない理由のトップが、実は可愛がっていたペットのお墓が理由だったりもする。

「楓子さん、とりあえず僕、このシャーベットをフロントにあずけてきますね。それからのことはまた考えましょう。そうだ、ホテルにスイートがあれば、そこに移りましょう！　ここは確かにちょっと狭すぎますよねっ！」

吉井くんは、このビジネスホテルにスイートがあることに、一縷《いちる》の望みを託した。

「あるわけねえだろ！」という、亜蘭の厳しいツッコミが脳内で響いたが、今は緊急事態だ。吉井くんは最善を尽くそうと思った。

そして、この優しい担当さんが部屋を出ていくと同時に、楓子さんは受話器を握った。ものすごい早さで番号をプッシュする。

楓子さんは数字に強く、電話番号は一回見ただけで、だいたい記憶している。

呼び出し音が一回……二回……三回……と鳴り響く。

早く……出て……お願い……！　楓子さんは祈るような気持ちだった。

トゥルルルルという呼び出し音の繰り返しが、永遠のように感じる。

そしてようやく、

「ボンジュール？」

と、懐かしい声が、楓子さんの耳に届いてきた。

「コーちゃんっ、ジュ　スイ　デコ……ボンジュール（わたしデコです、こんにちは）。って、ごめんね。私、今、とてもフランス語を話す気分じゃないのっ」

楓子さんはまた、わっと泣いた。

「まあ、どうしたのデコっ！　何かとっても大変な事が起こってるのね？」

楓子さんが電話した先は、大親友のコーちゃんだった。

コーちゃんとは、本名・北條《きたじょう》光太郎《こうたろう》。昔、楓子さんがお見合いした相手だが、
コーちゃんは、生まれた時から心は女性のトランスジェンダー。今はお互いがソウル

メイトのごとく仲がいい。

「ごめんね、コーちゃん。今、仕事中よね？」

コーちゃんはパリと銀座《ぎんざ》に老舗デパートを持つ北條商会の三代目オーナーだ。

「いいの。仕事なんて、どうでもいいのよ、やだデコ、あなたまさか泣いてるの!?」

コーちゃんはいつものおっとり明るい楓子さんが、泣いて電話してくるなんて、初めてのことなので、これはただ事ではないと、大慌てだ。

「私、今、神保町の『ホテル・コンサントレ』っていうとんでもない場所にいるの。パソコンだけ持ってくればいいって言ってたから、私、それしか持ってないの。お財布もおいてきちゃったし、カードももちろんないし、そんで、パスモも持ってないから、電車で逃げるわけにもいかないの。拉致監禁みたいなものよ。おうちに帰りたい、でも、今、私の家、雨漏りして、エアコン使えなくて……しかも私、急いできちゃったから、Tシャツにジャージなの。この格好じゃ、どっちみち、このホテルから一歩も外に出られない……。だって私、急《せ》かされて、着替えすら持ってこられなかった……うううぅゎ〜〜ん」

楓子さん、嗚咽《おえつ》をもらしてしまう。

「はあっ!?　『コンサントレ』ですって？　『集中』っ？　どーゆーこと？　なんてセ

ンスのネーミングなのっ！　もしかして、あなた、缶詰にされてるの？　そこで集中して書けってことっ⁉　待ってなさい！　ワタシ、今すぐ行くからねっ！　まさかまたあの編集長のしわざじゃないでしょうねっ！」

コーちゃんは、亜蘭編集長を知っている。

たまたま過日、楓子さんと一緒に飲みに行った六本木《ろっぽんぎ》のバーで、出くわしている。

その時、楓子さんもコーちゃんも、超絶ドレスアップで、顔は、ハリウッドで腕をみがいた、一流メークアップ・アーティストさんにお化粧してもらっていたので、亜蘭さんが、楓子さんとコーちゃんの本当の姿に気づくことはなかった。

「ごめんね……こんなことで、コーちゃんに電話して……でも私もう、他に助けてもらえる人いないし……櫻子《さくらこ》さんに話したら、亜蘭さん逮捕されちゃうかもだし……」

櫻子さんとは、桜田《さくらだ》櫻子さん。スミレ女学園高等部での、楓子さんの同級生だ。

櫻子さんは警視庁にお勤めの警部さんなので、楓子さんに何かあったらすぐ駆けつけること必至だ。でも、そこまで大事《おおごと》にはしたくなかった。だって櫻子さんは、まちがいなくパトカーでウーウー、最大音量のサイレンを鳴らしてやってくる。神保町界隈《かいわい》をそんな騒ぎに巻き込みたくない。

「とにかくデコ、ワタシ、今すぐ行くからねっ！」

北條光太郎は、自分が社長を務める『リュミエール・デュ・ジュール』という百貨店の来夏の販売戦略を決める重大会議をほっぽって、神保町へと向かった。

監禁部屋に、吉井くんが戻ってきた。

手には紙コップが二つ。一階の自販機で、紅茶を買ってきてくれたようだ。

「あの……先生、このホテル、スイートはないんですがツインの部屋はあるようなので、とりあえず、そちらに移りませんか？　部屋はここよりずっと上階ですし、大通りに面してない裏手なので静かですし、あ、バスタブもありました」

吉井くんはドギマギしながら、楓子さんに提案した。

「え、あ、ううん。吉井くん、私、大丈夫よ。このシングルで完璧よ。わっ、紅茶を買ってきてくれたの？　嬉しいわあ。私、ちょうど紅茶が飲みたいって思ってたの。ありがとー」

おかしい、と吉井くんは思った。さっきまで泣いていた人が、今はかなりのまともさで、明るく復活している。

「あ、では、先ほどのケーキ、召し上がりますか？　紙皿とフォークも持ってきてますから」

「い、いえ、私、今はそんなにおなかがすいてないから、大丈夫よ。それより、すぐにでも原稿を書きたくなってきたの。早く書きあげて編集長を安心させたいものね。あ、もちろん吉井くんも安心させたいしぃ……」

そう言って、楓子さんは吉井くんにウィンクした。

おかしい。ぜんぜんおかしい。とってつけたような薄っぺらいウィンクだ。

フロントに行っている間に、楓子さんに何かが起こった。吉井くんは警戒する。

「さーてーと、まずは仕事よね？　仕事の後のケーキは格別においしいのよね、たのしみー。クリームたっぷり、フルーツたっぷり、それはタカノのケーキなの～～♪」

歌っている。吉井くんは楓子さんの変化にふるえた。

担当作家はデスクの上でパソコンを開いた。そしてすぐにキーボードに手を置く。

わざとらしくカタカタ打ち始める。

でも目が泳いでいる。楓子さんの目は、時計を見たり電話を見たり、せわしない。

吉井くんは、悲しそうに言った。

「僕は今まで楓子さんと、心を一つにして仕事をしてきたと思ってました」

楓子さんは、その声色にハッとした。

「でも楓子さんは、こんな力のない僕のことなんて信用してないし、頼ってもくれないんですね……」

楓子さんは、この大好きな担当さんを、実は自分がとてもないがしろにしていることに、気がついた。

「ちっ、ちがうの、吉井くんっ！　ごめんね、私ひどいことをしているわよねっ」

「楓子さん……どこかに行くんですよね……？」

担当さんは、楓子さんの考えていることなんて、お見通しだった。

そりゃそうだ。吉井くんとは、冬は鍋をかこみ、夏は庭でバーベキュー、秋は共にジャガイモ、サツマイモを収穫し、梅雨時にはリンゴ酒、マーマレード、梅ジャム作りに励んだ。週に最低一度は、三段重ねの銀のケーキスタンドに好きなものを盛って、楽しいアフタヌーンティー……。しかも先月は八日間、一緒に韓国への船旅もしてきた仲なのに……。

たぶん、この吉井くんだけが、楓子さんの家族だった。

楓子さんが好きなもの苦手なもの、すべて熟知している吉井くんは、楓子さんが、この寂しい白々とした蛍光灯の下で過ごせるわけがないと知っていた。

「どこかに行くんですよね……でも僕は……そこには連れて行ってもらえない……」

……しまった。吉井くんの目は、涙でいっぱいだった。

楓子さんは、これから自分がしでかそうとしていたことの罪深さに気づいた。

その時、部屋の電話が鳴った。フロントからだ。

楓子さんは、静かに受話器を取った。

「あ、は、はい。わかりました。ありがとうございます……」

受話器を置くと、楓子さんは、そっとパソコンを閉じた。

そしてそれを小脇に抱えた。

「吉井くん、行きましょう。脱獄よ。冷蔵庫のケーキ、持ってってね。あと、フロントからシャーベットも返してもらって。それと、この部屋の精算もお願いできる？」

この言葉に、吉井くんは「はい！」と笑顔でこたえた。

吉井くん、どうやら一緒に逃避行だ！

二人が『ホテル・コンサントレ』を出ると、大通りには、全長八メートルはある黒塗りのリムジンが、エンジンをかけっぱなしで待機していた。

ボンジュール、プティ・パリ

リムジンに乗り込んだ吉井くんは、さっきから目をぱちぱちさせている。

「デコ、大変だったわね。亜蘭さんもひどいわ。でも大丈夫、ワタシ、執筆にぴったりなデコ好みのホテルを予約したから、お屋敷が修繕されるまで、何日でもそこにいていいのよ。とにかく全部ワタシにまかせて。そのホテル、フレンチがすごくおいしいの。バーもステキよー。君の瞳に乾杯ね？　到着したらすぐ、キンキンに冷えたシャンパーニュをいただきましょう」

北條光太郎さんは、今日はパリッとした英國屋《えいこくや》のスーツに身をつつみ、若かりし頃のブラッド・ピットみたいな、爽やかな短髪で美男子オーラを出しまくりだった。

吉井くんは、こんなに顔かたちが整っている人を見たことがない。

しかもなぜ、その人がリムジンでやってくるのか、わからない。

そしてどのようなタイミングで挨拶していいのか、戸惑っている。

楓子さんのことは、よく知っているようで、実は知らないことだらけだった。

「えっと……こちらが、いつもお噂《うわさ》だけはおうかがいしている吉井くんね？　吉井くん、初めまして《アンシャンテ》。デコがいつもお世話になっています。まあ……吉井くんって、綺麗なお顔立ちをしているのね。特に横顔に品があるわ。……デコ、あなた幸せね……こんな可愛らしい方と、いつもお仕事しているなんて」

リムジンの中は広々とした対面シートで、北條さんは楓子さんと吉井くんの向かいのシートに座っている。ご本人、進行方向と逆向きだが、まったく気にしていない。

楓子さんに会えたのが嬉しいのか、ずっとニコニコしている。

「コーちゃん……私、こんなにお世話になってる大大大好きな吉井くんなのに、さっき、吉井くんを置いてあのホテルから逃げようとしてたの……これって、裏切り行為よね。信頼関係なんてなくなったも同然よ。私、どれだけ吉井くんに迷惑をかけたら気がすむのかしら……ホント、ごめんね……」

楓子さんは、思い出すとまた吉井くんに申し訳なくて、涙がこみ上げてくる。

「楓子さん、そんなことといいんです、僕がもっと気が回れば、楓子さんにあんなショックを与えませんでした……。僕、あの甚兵衛とステテコを見た時、終わったなって思いました」

ステテコに社会の窓がついていたのが、致命傷だった。

そして今、吉井くんはじっと考えている。いったい自分の向かいに座る男性は、楓子さんの何なのだろう、と。

楓子さんと同じような年齢で、超絶パリッとした恐らく一流のビジネスマンだ。自分と着ている背広の素材がまったく違うのがわかる。そして、話し方が柔らかい。

「あっ！　吉井くん、紹介が遅れてごめんなさいね。こちら、北條光太郎さんっていって、私の十五年来のお友達なの。えっと、出会いはお見合いなんだけど、光太郎さんは、心は女の子だから、今は大親友なの。吉井くん、銀座の『リュミエール　デュ　ジュール』っていうデパート知ってる？」

「え、ええ、もちろん知ってます。僕、よく楓子さんの家に行く時、差し入れのクッキーとかケーキとかブーケとか、リュミエールへ買いにいくことありますから。あそこお洒落で、ぜったい楓子さん好きだろうなあ、と思って……」

吉井くんのその言葉を聞いたコーちゃんは、

「まあ、吉井くん……ありがとう《メルシーボク》、可愛い人《モンシェリ》！」

吉井くんの手を、ぎゅっとにぎった。

コーちゃんの手は大きく、でもなめらかでスベスベしている。吉井くんは驚いた。

爪まで桜貝みたいに磨かれている。

「コーちゃんは、リュミエールのオーナーなの。一年の半分はパリで過ごしているのよね？　でも、今日は日本にいてくれて、助かったわ……」

　楓子さんは、心底ホッとした顔をする。

「デコ、ワタシは今、パリにいたって駆けつけるわよ。世界最速の自家用ジェットをぶっ飛ばしていくからっ」

　コーちゃん、今度は楓子さんの手をぎゅっとにぎっている。

「えっ、リュミエールって、日本の方が経営してたんですか？　ずっとフランスのデパートだと思ってました。で、コーちゃんさんが、そこのオーナーなんですかっ？」

「そうなのよ。吉井くんが時々、リュミエールで差し入れを買ってきてくれるの、すごく嬉しかったわ。なんだかコーちゃんを褒めてもらっているようで……。吉井くんのそういうセンスのよさ、大好きよ」

　楓子さんが、ようやく吉井くんににっこり笑う。

「そっか……オーナーさんなんだ……。だからこうやって、楓子さんのピンチにさっと現れて、助けて下さるんですね。僕ができないことだ……」

　吉井くんは、改めてコーちゃんに頭を下げた。

「吉井くん、やめてちょうだい。ワタシは関係ないからね。デコを支えてきたのは吉井くんだからね。ワタシ、吉井くんのことなら、何でも知ってるのよ。ねー」

コーちゃんは、楓子さんの顔を見て笑う。

楓子さんもうなずいて、笑っている。

いつもの楓子さんに戻って、吉井くんは生き返る思いだ。


リムジンは静かに神保町を出ると、大通りを走り、右折左折をくりかえし、どんどん小道へと入っていく。

リムジンにとって狭い道でも、コーちゃんを小さい時からお世話してきた（現在、お抱え運転手でもあり執事でもある）コーちゃんのおじいちゃんのような存在の白川《しらかわ》さんは、ナビなんて見なくても余裕の運転だ。

ほんの十分前まで、喧噪《けんそう》のビジネス街や、ゴタゴタした商業施設が林立する大通りを走っていたはずなのに、車はいつのまにか静かな住宅街に入り込んでいた。

そこは不思議な空間だった。日本情緒溢《あふ》れる家並みに石畳の路地、そして、そこにはヨーロッパ――特にフランスの雰囲気がする建物が、和とうまくマッチしながら点在し、独特な風景を生み出していた。

「わあ、このあたり……ステキですね。さっき飯田橋《いいだばし》の駅があったけど、いきなり雰囲気が変わってる……ここ……どのあたりなんですか？」

吉井くんは、狐《きつね》につままれたような顔で外を見ていた。

「神楽坂《かぐらざか》よ。昔は、神楽坂といえば江戸時代の面影を残して、日本情緒豊かで、芸者さんたちの三味線の音がどこからともなく聞こえてくるような粋な町だったけど……今はそれと同時に『プティ・パリ』と呼ばれるほど、フランスの文化が根づいているのよ」

コーちゃんの説明に、吉井くんはうなずく。

「というのも、ここには昔、東京日仏学院（現在、アンスティチュ・フランセ東京）という学校があってね、フランス語を習う生徒さんが大勢集まってフランス文化が広がっていったの。最初はフランス人の先生たちが神楽坂に住みだして、それからフレンチのお店も続々とできて、今でもここはフランスの人のお気に入りの町なのよ」

コーちゃんの瞳は深い琥珀《こはく》のような色をして、引き込まれそうだ。

「ホントですね。日仏がステキにまじわって、一つの美を生み出してますね」

吉井くんは、翔岳館の目と鼻の先にこんな異国があることを、初めて知った。

それは運転手の白川さんが、あまり知られていない特に素敵な裏道を選んで走っていたせいでもある。きっと、落ち込んでいる楓子さんを励ましたかったのだろう。白川さんにとっても、長年のおつきあいの楓子さんは娘のような存在だ。

「亜蘭さんも……私に、フランス風ホテルって言ったの。で、着いたところが『ホテル・コンサントレ』よ……。コンサントレという言葉しかフランス風じゃなかった。コーちゃん、冷蔵庫にマムシとかスッポンとかマカとか、そういう飲み物しか入ってないのよ……私、それが一番、こわかったわ……」

「デコ……それ、トラウマになるわね……。でも、これから行くホテルこそ、本物のフランス風ホテルなの。そのホテルで癒されて、マムシとかスッポンとかマカのことは忘れてほしいわ。いえ、きっと忘れられるはず……」

ハンサムなコーちゃんは、唇をかんでいた。親友の受けた悲しみは、そのまま自分の悲しみとなる。ソウルメイトならではの反応だ。

「本当にごめんね、コーちゃん、こんなに迷惑をかけて……」

「何言ってるの、デコ。ワタシがプライベートで、死にそうなほど落ち込んでいる時、あなた、パリまで飛んできてくれたじゃない！　あの時デコが来てくれなかったら、ワタシ、今、ここにいないのよっ」

吉井くんは黙って、二人の昔話を聞いている。

そういえば、かなり前に一度、大河先生が執筆中に、いきなりフランスに飛んでしまって音信不通になっていたが……それがこれか？　僕はまだ、大河先生の担当じゃなかったけど、亜蘭さんが口から泡をふいていたのは覚えている。

「それとうちのマンション内で、どなたかの家のニシキヘビが逃げてしまった時、ワタシ、とにかく蛇がダメだから……デコは蛇が見つかるまで、ずっとうちにいてくれたわよね。っていうか最終的に、デコがうちのマンションの庭から蛇を見つけ出して、捕まえたのよ……」

楓子さんは基本、虫も爬虫類《はちゅうるい》もオッケーな人だ。世田谷のお屋敷の庭に、アオダイショウとかシマヘビがたまにスルスル這《は》っている。

よそ様のマンションの蛇まで捕まえるなんて、ウチの大河先生はカッコいいな、と吉井くんは引き続き、二人の話に静かに耳を傾けている。

「そうそう。それと、ニューヨークで置き引きに遭った時、デコは五番街を猛ダッシュで犯人を追いかけて、ワタシのバッグを取り返してくれたのよね。あの中にはワタシの全クレジットカード、旅行中の全財産、それにパスポートが入っていたから、もうダメかと思ったわ……」

パスポートに加えクレジットカードを全部入れているバッグなのに、それを置き引きされるなんて、ちょっとうっかりしすぎじゃないだろうか。

吉井くんは心配になる。こんなにキリッとした人なのに、意外と隙だらけだ。楓子さんの親友といえばいかにも親友らしいが、果たしてそれでいいのだろうか？

「とにかく、ワタシが百回、デコに助けてもらっている間、デコがワタシに助けを求めるのは一回あるかないかなの。だからワタシ、今日は頼ってもらって、すごく嬉しいわ。大船に乗ったつもりでいてね。っていうか、あなたたち先月、大船（豪華客船）に乗ってきたのよね？」

コーちゃんが楓子さんにニコッと笑うと、ほっこりしすぎの空気がリムジンにじわじわと広がっていく。やはり楓子さんの周りは、素敵な人ばかりだ。

吉井くんも、ようやく胸がほっこりだ。さっき、楓子さんに置いていかれるところだったのも、今ではいい思い出だ。

吉井くんのそういう根にもたない性格もまた、素敵だった。

そしてリムジンは、なだらかな坂をのぼっていく。

通りの両脇に、薔薇の生け垣がアプローチのように連なる。

今は薔薇の最盛期をややすぎているものの、まだ咲き誇る薔薇と、路地に散った花びらがパステルの絨毯《じゅうたん》となり、その眺めはまるで絵画の世界だ。

「そろそろだわ……」

コーちゃんがリムジンの窓を開けると、薔薇の甘い香りと、若葉のフレッシュな香りが、楓子さんたちをつつんだ。

その先に、目の覚めるような鮮やかな新緑のもみの木が、エントランス両脇にそびえている。

車寄せまで入ったリムジンは、ツタの絡まる瀟洒《しょうしゃ》な低層建築の正面玄関に到着し、すぐにドアマンさんが駆け寄ってきた。ご年配の上品な方だ。

「えっ、やだっ、どうしましょう！ ここってもしかして、薔薇窓ホテルよね!? 信じられない……何十年ぶりかしら？ 家族でフランスから帰国して、私が小学校低学年の頃、よくここに来てたけど、そのあとサンフランシスコに引っ越してからは、なかなか来られなかったの。わあ、懐かしいわ……。コーちゃん、ありがとう！」

楓子さんは向かいのシートに移ると、コーちゃんにハグをした。

「家族みんな、フランスが懐かしくて、よくここに来たのよ。金曜日の晩、ここでお食事をして、その夜はここに泊まって、翌日ゆっくり朝食をいただいて、お庭を散歩して……ただそれだけなのに、楽しかったわ……ここだけ別世界だったから……こんな都心にあったのね……。どうしてずーっと忘れていられたのかしら……こんなに好きだったのに」

楓子さんの目が、みるみる潤んでしまう。

今はもういない、なつかしい家族の想い出がこみあげてきた瞬間だった。

＊

「ようこそおいで下さいました、北條さま」

リムジンのドアがあけられ、先ほどのドアマンさんらしき方が、挨拶にくる。

三人は石畳のエントランスに降り立ち、そこに漂う都会とは思えない清涼な空気を思いきり吸い込んだ。楓子さんは、ホテル中庭のローズガーデンをそっと眺めた。昔とちっとも変わらない。薔薇の合間合間に、薄紫、青、ピンク、白の紫陽花《あじさい》が植えられ、今、一番の季節感を出している。

楓子さんは、ふと、エントランスのガラス扉に映る自分のTシャツ、ジャージ姿にショックを受ける。しかも、靴は庭履きのつっかけだ。この姿はどう考えたって、薔薇窓ホテルにふさわしくない。いったいどれだけ慌てて家を出てきたのだろう。

「コーちゃん……あの……神楽坂のメインストリートに行けば、何か衣料品店とか、あるかしら……」

楓子さんは、もぞもぞ小声できく。

「大丈夫《パ ドゥ プロブレーム》よ」

「どんな服でもいいの。今着ているのよりはぜったいマシだから」

と言いながら、楓子さんは、なるべく自分の姿を目立たせないように、コーちゃんの背後にかくれる。

その時、リムジンのトランクがパカッと開き、運転手の白川さんが中の荷物を次々と取り出す。それらは、楓子さんもよくご存じのデザインの大箱だった。しかも今日は一つ一つにリボンまでかけられている。オレンジ色をしたその箱のあちこちに『リュミエール　デュ　ジュール』と印刷されていた。

「前々から、デコに着てもらいたいと思っていた、プロヴァンスのデザイナーが作った可愛いお洋服を何着か持ってきたの。もうずっと前から用意してたのよ。今、パリで大人気なの。言うなればフランス版『ローラ アシュレイ』ね。色味はローラ アシュレイよりちょっと華やかで、太陽きらめく南仏的なの。ぜったいデコに似合うと思って。プラス、パジャマやランジェリーもすべて揃《そろ》えてきたわ。執筆中こそ可愛いのを着て、テンションあげてちょうだい」

いたれりつくせりのコーちゃんに、楓子さんはまた泣いてしまう。

「よかったですね、大河先生。お屋敷の雨漏りの修繕も、良心的な業者さんにお願いしておきますので、どうぞ後はもう何も気になさらず、執筆に集中して下さい。猫ちゃんたちの様子も、僕が見に行きますから」

それを聞いた楓子さんは、優しい担当さんにもハグをした。

楓子さんから、いい香りがする。北條さんといる楓子さんは、どんどんフランス人のようになっていく……。

『薔薇窓ホテル』は三階建てで、オレンジ色の屋根瓦が左官職人の手仕事による白い塗り壁によく映える。

部屋数は二十八室。どの部屋にもバルコニーがついている。決して大きなホテルではないので、お客様一人一人に丁寧なおもてなしができる。

オーナーいわく、南仏の我が家に帰ったような、居心地のよさを感じてもらうのがモットーらしい。居心地がいいゆえ、長逗留《ながとうりゅう》するお客様も多い。

楓子さんの部屋は、一階の角にある広いスイートルーム。

執筆用の書斎と寝室は別で、その間に可愛いサロンがある。そこには座り心地のいいソファとテーブルとキッチンカウンターがついている。アンティークな木製の戸棚の中には、冷蔵庫がかくされていて、そこにはミネラルウォーター、白ワイン、ビール、シャンパンが冷えている。

そしてどの部屋にも、フランス窓と呼ばれる、床面まである観音開きのガラス扉があり、そこから庭へと出て行ける。

楓子さんは、さっそくコーちゃんの持ってきてくれた洋服に着替えた。たっぷりとしたフレアースカートは黒が基調で、そこに赤い野いちごとその緑のツルと、野鳥がデザインされていた。ブラウスも同じ生地で作られ、大きめの丸襟にパフスリーブの袖が、ひたすら可愛い。

靴もお揃いだ。洋服と同じブランドの、バレリーナが履くトウシューズのような黒のローヒール。家から履いてきた庭履きつっかけは、ちょうどここのフランス窓の外においで、すぐにお庭に出られるようにしておいた。

「わあ……大河先生……すっごくよく似合います！　野いちごとか小鳥とか、甘くなりがちなデザインを黒でひきしめて、そうだ、それって翔岳館の女性誌『ラグジュレディ』でいう〝キャリアな女性だからこその愛されコンサバ・エレガンス〟ですね！　圧倒的なプライドを見せつけながら、どこか少女のような初々しさも残している、ストイック・キュートな大人テイストです……」

さすが翔岳館の優秀な編集さんは、こういう時の褒め方がプロだ。

しかし、こんなドリーミーな姿でSFバイオレンス・アクション・エログロ・超ハードボイルド作品が書けるものなのか。担当さんは、ふと不安にもなる。

「吉井くん、ありがとう。今の私なら五日で、いいえ、三日で書き上げてしまう気しかしないわ！」

「ホントですか、先生！　それだったら、予定よりずっと早くあがっちゃうじゃないですか！」

吉井くんは、嬉しくて悲鳴をあげそうだ。キモチ的には今、フランス式に先生をハグしたくなるが、吉井くんは「ダメダメ」と心の中で首を振った。そしていつもの吉井くんらしく、先生に失礼のないよう、すぐ心を戒めた。

「と、いうことなら、まずはシャンパーニュで乾杯ね？」

コーちゃんは、戸棚に近づき冷蔵庫を開けると、おもむろにクリュッグを取り出した。パリの北東、シャンパーニュ地方で造られる、最高峰のスパークリング・ワインだ。

「そうだわ。シャンパンだったら、吉井くんの持ってきてくれたクリームたっぷり、フルーツ満載のケーキと合うわね？」

楓子さんが提案する。

「そうですか！　じゃあ僕、お皿にセットします！」

吉井くんは働き者だ。ホテル備え付けの真っ白いお皿を取り出すと、イチゴ、ブルーベリー、ラズベリー、桃、マンゴーなどなどが生クリームの上にこんもりとのった美しいケーキを三つのお皿においた。部屋には銀のナイフもフォークも揃っている。

吉井くんが朝から駆けずり回って手に入れた手土産が、やっとここで生きてくる。

「あっ、でも今、まだ午前十一時を過ぎたところです……シャンパンなんて開けていいんでしょうか……」

吉井くんはふと我に返った。だって、これから三日で原稿を仕上げると豪語していた人が、昼前からアルコールは……間違っている。

「吉井くん、これは厄落としよ。デコもあなたも今朝からずっと、とんでもない思いをしてきたはず。この美しいシャンパーニュで、嫌なことを流してしまいましょう」

コーちゃんがシャンパンの栓をスッと抜くと、三つのグラスに静かに注いだ。


そして、午後三時半——。

吉井くんは目を覚ます。サロンのソファで爆睡していたのだ。

薄手の毛布まで、かけてもらっている。

「ああ……ここ、どこ……僕っていったい……うわあ～またやっちゃってる～～」

シャンパンの空ボトルが二本、カウンターテーブルの上に転がっていた。

吉井くんのネクタイは外され、靴も脱がされ、今、神楽坂で一番リラックスしている人となっていた。

一方、隣の書斎からは、クラシック・ミュージックが流れ、パソコンのキーボードをたたく音がしている。

吉井くんの顔から、血の気がひいていく。自分が爆睡している間、大河先生はもう執筆活動に入っていた。北條さんも、もういない。それぞれが仕事に戻っている。

吉井くんはコンコンとドアをノックして、「はーい」という楓子さんの返事を聞いてから、書斎を開けて中を覗く。すると楓子さんは眼鏡をかけて、真剣な顔で原稿を書いていた。

「先生、ごめんなさい……僕……また、酔っぱらってしまって……」

吉井くんは、弱々しい声で謝った。

「吉井くん、タカノのケーキ、おいしかったわ。コーちゃんも私も、甘いものに目がないからペロッといっちゃった。ごちそうさま。元気を頂いたわ」

楓子さんはこういう時、いつも優しい。仕事放棄している人を責めたりしない。

「あの……僕……桃とマンゴーがのったケーキを食べたまでは、覚えているんですけど……」

「いいのよ。だって、吉井くんも疲れるでしょう？　亜蘭さんにしぼられ、私には振り回され……いつもごめんね……」

「いえ、とんでもないです……僕こそすみません……だらしなくて……」

「いいの、いいの、気にしないで。それより目覚ましのコーヒーでも、頂きにいきましょう。少しお腹が空いたわよね？　このホテル、素敵なカフェがあるのよ」

楓子さんは、パソコンを一旦オフにして、立ち上がった。

黄昏のマドモワゼル

楓子さんは、吉井くんとともに、一階の別棟にあるカフェへ向かっていた。

通りに面したカフェは、ホテル宿泊客だけでなく、外からのお客様も迎え入れていた。赤い日よけが白壁に映える。

「庭にテーブル席もあるわよ……吉井くん、外と中、どっちでお茶したい？」

カフェに入ると、挽《ひ》きたてのコーヒーの香りが広がっている。

「えっ…っていうか、楓子さん……あそこにいるの……亜蘭さんですよね!? 僕、ここに来たこと、言ってませんけど……どうして……」

吉井くんは、まさかの上司の姿を庭園内に見つけ、気まずい顔になる。

亜蘭編集長は円いガラスのテーブル席で、籐の椅子に座り、一人静かにアイスコーヒーを飲んでいた。ブラックだ。何か苦々しい気持ちなのだろうか。

今日は、ポール・スチュアートの夏のスーツに、コットンリネンのTシャツを着ている。さりげないドレスダウンに、亜蘭さんなりのお洒落哲学があるようだ。

彼はすぐ楓子さんたちに気がつくと、大きく手を振った。

「吉井くん、そういえば、さっきシャンパン飲んでた時、突然廊下に出て、どなたかに電話してたけど……あれってもしかして、亜蘭さんだったの？」

「えっ。僕、電話してたんですかっ!?　ウソ、記憶ないっ！」

吉井くんは大慌てだ。

「とにかく行ってみましょう。私、ご挨拶しないと。きっと叱られるのね……」

楓子さんは緊張しながら、庭席の方へと向かう。フランス窓を押し開き、一歩外に出ると、梅雨の合間の晴れの日らしく、ひんやりとした空気が心地よかった。

「いやあ、楓子さん、ごめんね——、俺、吉井にすごーく怒られちゃってさあ」

イキナリありえない謝罪の言葉を、亜蘭さんから聞かされる。

「だって俺、ほら、老眼だから。小さいスマホじゃよく見えなくて、《神田界隈》《ビジネスホテル》《リーズナブル》《フランス風》ってググったら、『ホテル・コンステラ』っていうのが出てきて、そこって女性客に人気らしくて、聞くと、うちの会社で仕事してる女性漫画家さんなんかも、よく缶詰になって描いているんだけど評判よくて……で、俺もそこを楓子さんにお勧めしたはずっていうか……」

亜蘭さんが、なんだかよくわからない言い訳に走っている。

「亜蘭さん、『ホテル・コンステラ』じゃなくて『ホテル・コンサントレ』です」

ここは、楓子さんがきっぱりと正した。

「うん……そうみたい……。だから俺、老眼で。『ホテル・コンステラ』に予約をいれてるつもりが、検索でそのすぐ下にあった『ホテル・コンサントレ』に予約いれちゃってて、ハイヤーの運転手さんにも、楓子さんを『ホテル・コンサントレ』までお連れしてほしいって言ってたみたい……ほら俺、この頃、忙しすぎるっていうか」

楓子さんは、引き続き、黙って亜蘭の言い訳を聞く。

「あの……編集長……『コンステラ』っていうのは『星をちりばめた』っていう意味で、星がちりばめられたホテルでしたら、きっとステキです。で、『コンサントレ』っていうのは『集中』って意味で……『集中ホテル』……」

楓子さんは、またあの冷蔵庫の中身を思い出し、色々な思いがこみ上げてくる。

歯ブラシだって、歯磨き粉がすでにブラシ部分についている業務用の使い捨てだ。地球に優しくありたい楓子さんは、近くのコンビニでガムとキャラメルを買ったついでに、チューブの練り歯磨きも買わなくてはいけないのかと、色々ストレスを感じていた。

「あの……ですから……吉井がものすごく、怒って……楓子さん、もう屋敷を切り売りして小説家をやめるっていうから……ワタシ……ホント、すみませんでしたっ」

亜蘭さんがここにきて、立ち上がって頭を下げる。

それより、吉井くんは真っ青だ。しかしシャンパンで酔っている間、自分がそんな電話をしていたなんて覚えていない。しかしスマホを開いてみると、確かに正午過ぎ、亜蘭さんに電話した記録がある。しかも、十三分近くしゃべっている。

もしかして、今年二十八歳になる若者が、五十を過ぎた上司に、十三分も厳しく意見していたのだろうか？

「ですから、あの……こ、こちらのホテル滞在費もろもろ、もちろんすべて翔岳館でみさせていただきますからっ」

こんな亜蘭さんは、亜蘭さんであって亜蘭さんではない。

吉井くんはいったい、何を言ったのだろう。楓子さんは今、逆に不安しかない。

「あ、あの……亜蘭さん、頭を上げてくださいっ。これはそもそも、家の手入れを怠った私と、書けない私が悪いんです。それにこのホテルは友人がとってくれたものなので、翔岳館さんは、どうぞお気づかいなく……大丈夫です。そんなことより私、ここに来られて、とても嬉しいんです」

「いえ、でも……ジブン、楓子さんをすごく泣かしたって聞いたから……それって、超ハラスメントで、吉井クンが人事部に訴えるって言ってて……」

亜蘭はしょんぼりしながら、静かに着席する。

吉井くんの頬は、ひきつっている。どうも記憶にないようだ。

けれど、吉井くんが楓子さんのために抗議してくれたことは間違いない。

「あの……では、こうしましょう……」

楓子さんも、亜蘭さんと同じテーブルについた。

「そろそろ『ウサクマちゃんの冒険』第二弾を出版する、ということで……原稿はもうできてますから！　私、もちろん『新宿魔法陣妖獣伝』第七巻も書きあげますし、まだ屋敷も切り売りしません。もう少し頑張ってみます」

楓子さんは、ここぞとばかりに攻めに転じた。

ナイスだ。おばさんはピンチをチャンスにかえる天才だ。この『ウサクマちゃんの冒険』とは、三十代の終わりに楓子さんが、翔岳館『児童文学賞・絵本部門』で優秀賞に輝いた作品だ。ウサギとクマが魔法の国を冒険する、ほっこりしすぎの物語だ。

楓子さんは、せっかく夢の絵本作家になったのに、その第二弾がなかなか出してもらえず、最近では元絵本作家とまで言われていることに、かなり閉口していた。

「うわあ〜、楓子さん、そのブラウスとスカート、とっても可愛いですね。よくお似合いですぅ〜。三十代くらいにしか見えな〜い！」

亜蘭、苦しまぎれにヨイショに逃げた。そして、ウサクマちゃんを完璧スルー。

楓子さんは遠い目になって、前歯で下唇を噛《か》みしめた。

「あっ！　そうだ!!　楓子さんっ、『新宿魔法陣妖獣伝』一巻から六巻まで、すべて重版かけました!!　これでなんとか雨漏り修繕の足しにできないでしょうかっ!!」

亜蘭さんに涙目で言われ、楓子さんは深いため息をつく。

＊

「エクセキュゼ・モワ、マドモワゼル・デコ……。こちら、当ホテルからのウェルカム・サービスでございます」

さきほど玄関で出迎えてくれた、ドアマンさんだとばかり思っていた男性が、今度はボーイさんとなって、三段重ねのケーキスタンドを、楓子さんのテーブルにサプライズで運んできてくれた。

その銀の皿の上には、プチ・シュークリーム、プチ・エクレア、マカロン、そしてターキー……あるいはチキンが、お洒落な西洋野菜とともにはさんである一口サイズのバゲット・サンドが三人分、可愛らしくのっていた……。

　しかし楓子さんは、ここでなぜ自分がマドモワゼル・デコと呼ばれているかには、気づいていない。

「まあ！　薔薇窓ホテルって、アフタヌーンティーをやってらっしゃるの？　フランス風ホテルなのに？　嬉しいわ！」

　楓子さんは大喜びだ。つい今しがた『ウサクマちゃん』で受けた痛手も、忘れてしまう。

「普段は、あまりいたしません。でもマドモワゼル・デコは、この三段重ねのケーキスタンドがたいそうお気に入りでしたから……」

　その言葉に、吉井くんはびっくりだ。楓子さんが、イギリス式のアフタヌーンティーが好きなことは、吉井くんくらいしか、知らないはずだった。楓子さんは、自宅の三段重ねケーキスタンドに肉まん、シュウマイ、餃子《ギョーザ》、ゴマ団子、とどめにフォーチュン・クッキーなどなどをのせ、点心まで楽しむ人だ。

「え？　あの……あれ？　どうして、私の名前をご存じで……？」

　楓子さんはここでようやく、なぜ先ほどから自分がマドモワゼル・デコと呼ばれているのか不思議に思った。コーちゃんが話したのかもしれない。それとも宿泊台帳に自分の名前を書いたからだろうか？　しかしデコと呼ぶのは、そうとう昔からの知り合いだ。

「楓子さまはまだお小さい頃、ご両親さまと、よく当薔薇窓ホテルに来てくださっていましたから。お誕生日には、必ずあの三段重ねのケーキスタンドに、キャンディやチョコレート、それにプチケーキをたくさんのせてお祝いしましたよね？　あの……私、今はここの総支配人ですが、楓子さまにお会いした頃は、まだ高校を出たてのベルボーイでした。浅沼《あさぬま》と申します」

浅沼さんは上品な笑顔で、アフタヌーンティーの準備をし始めた。

総支配人は、亜蘭さんにも吉井くんにも、紅茶のカップを用意する。

亜蘭さんは、こんなマドモワゼル扱いされている楓子さんを『集中ホテル』にぶち込んだことを、改めて大反省だ。いつ会社をクビになってもおかしくないと、今更ながらに気づく。

「浅沼さん……？　浅沼さん……ああ……ムッシュー・アサヌマ……！　思い出しました。私、アサヌマさんと呼べず、アシャムマさんと、呼んでましたよね？」

「そうです！　ムッシュー・アシャムマです。よく覚えてらっしゃいましたね！」

総支配人は嬉しそうだ。彼はきっとリムジンを出迎えた時からずっと、楓子さんに気づいてもらいたかったのだろう。

「浅沼さん、総支配人さんになられたんですか……ご立派です」

楓子さんは、懐かしそうに言う。小さい頃に会った彼はまだ、ベルボーイのよく働くお兄ちゃんだった。

「私が総支配人になれたのも、マドモワゼル・デコのおかげかもしれません。マドモワゼルは、お小さい頃、フランス語の方がお得意で、私、ずいぶんフランス語を教えていただきましたよ。せっかくフランス式ホテルにいるのに、フランス語もしゃべれないようではいけませんので、勉強しました。学校にも通いました。マドモワゼル・デコがここにお泊まりになられるたび、フランス語でお話しさせていただきました。まるで、昨日のことのようです……」

総支配人は、目を細めて、楓子さんを見る。

「ああ……でも今は私、フランス語は聞くのが専門で、しゃべるのはもうそんなに得意ではなくて……」

楓子さんは、恥ずかしそうに言った。

「でも、久しぶりにいらしてくださって嬉しいです。一目でマドモワゼルってわかりました。お小さい時から、いつも可愛いドレスを着て、いらしてくださって……。今日のそのお洋服も、小さい頃のイメージと、まったくおかわりありませんね」

浅沼総支配人は、プロヴァンスのツーピース・ドレスを着た楓子さんに微笑む。総支配人にとって楓子さんは、今でも小さい時のままのマドモワゼル・デコだ。

「とはいえマドモワゼル、実は、薔薇窓ホテルは今年いっぱいで、閉館する予定なんです……」

総支配人は突然、申し訳なさそうに言った。

「ええっ、なぜ、どうしてですかっ。せっかく私、これからもここに頻繁に来ようと思っていたところなのにっ……」

楓子さんは大ショックだった。せっかく所在がわかった、お気に入りのホテルがなくなってしまうなんて……。

「当ホテルは、まだ綺麗に見えますが、実はあちこち老朽化してましして……何か事故があってからでは遅いので……。建物がまだ、しっかりしているうちに有終の美を飾りたいと思うのです」

「そんな……」

楓子さんはがっかりしているが、自分の屋敷もこのところ次々と不具合が出ていることを考えると、総支配人さんの気持ちも理解できた。

「こうして、お懐かしい方に来ていただけて幸せです。この頃は閉館を知った昔馴染みのお客様が、次々とお見え下さって、毎日同窓会を開いているかのようです」

総支配人さんは、揺るがない決意を胸に秘め、笑顔を絶やさないよう、残りの日々を大切にすごしていた。

見ると庭園のテーブルは、あちらもこちらもご年配のお客様でうまっていた。室内のテーブルもそうだ。みな、昔馴染みのこの薔薇窓ホテルに思い入れのある人ばかりなのだろう。

総支配人さんは、楓子さんたちのテーブルを後にすると、また次のお客様のテーブルへとご挨拶にうかがっている。

楓子さんは感慨深く、総支配人さんがいれてくれた紅茶を一口飲む。

ふわっとリンゴの香りが広がった。フォションのアップルティーだ。

「人がいれてくれる紅茶っておいしいわ……なんだかホッとする……。亜蘭さん、吉井くん、アフタヌーンティーしましょう？」

そう言いながら、楓子さんは二人の前に、白い中皿を並べる。

「マドモワゼル大河先生……じゃ、僕、このターキーをいただきますね」

吉井くんは、さっそくバゲット・サンドに手をのばしていた。

しかし亜蘭さんは別のことに気を取られているのか、遠くを見ている。

「亜蘭さん……えっと、あの……マカロンとか……いかがですか？　プチ・シュークリームもおいしいですよ……」

楓子さんが声をかけても気づかない。

「マドモワゼル楓子さん、アップルティーっていうのも、いいですね。っていうか、ほら、楓子さんもこのバゲット・サンド食べてみてください！　めっちゃくちゃおいしいです。西洋粒マスタードがいいですね！」

亜蘭が無言なので、ここは吉井くんが明るく会話をもっていく。

「あの方、十二年前の翔岳館の忘年会にいらっしゃってましたよ。えっと、昭和八十四年（平成二十一年）の十二月ね……」

楓子さん……いや、ミス・メープルが、ぽつりと亜蘭さんに言った。

楓子さんは電話番号はもちろん、ありとあらゆる数字に強い。いつどこで何があったかなど、数字で覚えている。そして昭和が好きなので、平成になっても令和になってもすべて昭和で換算してしまう。今年は昭和九十六年らしい。

「だよねっ、楓子さんっ!?　絶対そうだよねっ!?」

いきなり、亜蘭さんは楓子さんに向き直り、興奮状態だ。

吉井くんは、二人が何の話をしているのかわからない。そしてターキー・サンドの次に、マカロンに手をのばしている。イチゴクリームが挟まっているやつだ。

「カズトヨ・シライシ……白石和豊先生ですよね……？」

楓子さんは小さな声で言った。

「えっ、なんで楓子さん、白石先生のことを知っているの？　先生、顔出ししないので有名だよ。たぶん顔写真とか、今まで一枚も公に出ていないはずだよ。へえ……今、日本に帰ってらっしゃるんだ」

亜蘭はびっくりした声で言う。

「えっ？　白石和豊先生っ？　どっ、どこどこ？　どこですかっ!?」

ここにきてようやく吉井くんも、会話の流れをつかみつつあった。

白石和豊。純文学を志すものにとっての最高峰の賞である『直本賞』を当時、史上最年少で受賞した作家で、文豪中の文豪。年齢は七十代中盤か。最近は新作を書かれていないが、その昔はシーズンがくると、今度こそノーベル文学賞を取るのではないかと騒がれた大家でもある。マスコミ嫌いなので、そのバックグラウンドは今なお、謎のベールに包まれている。イギリスに居をかまえていて、作品はまず海外で出版され、その後、日本の書店に並ぶという徹底ぶりだ。

その人は、楓子さんたちのテーブルから十五メートルほど離れた、赤い日よけの下のテーブルにいる。フサフサの白髪、フチなし眼鏡、白いスラックスに水色のストライプの夏用ジャケットがとてもお洒落だ。椅子の上に素敵なパナマ帽を置いていた。そこだけ切り取ると、まるでパリの街角のカフェにいるように見える。

「先生、ライムのアイスティーを飲んでいらっしゃる……。お料理はガレットね。前に読んだ白石先生の『黄昏《たそがれ》ライム』っていう短編小説の中で、主人公の女性がホテルのバルコニーでガレットを食べているシーンがあったの。あ、ガレットっていうのはお菓子のガレットじゃなくて、クレープみたいなものね。そば粉で作った甘くない軽食で、チーズやハムや卵をくるんで焼くの。そっか……それって、この薔薇窓ホテルにあるメニューだったのね……。しかもライムのアイスティーなんて、東京のどこにもないと思っていたけど、このホテルにはあるのね……。主人公の更紗《さらさ》が、冬にライムがほしくて、恋人にライムを探しに行かせるのだけど、その間に彼女、いなくなっちゃうの……ラストは哀《かな》しかったわ……」

楓子さんの事細かな描写に、亜蘭は驚く。亜蘭はこの『黄昏ライム』を実は読んでいない。これは、ある文芸雑誌に掲載された短編で、まだ書籍化されていない。先生が、書籍化を望まなかったのかもしれない。

楓子さんは図書館でその雑誌を見つけ、読んでいた。

「あ〜あ、白石先生が、翔岳館で書いて下さったらなあ〜〜。でも先生、もう滅多に書かれないし、書くとしても、日本の出版社じゃないだろうし……。しかも翔岳館、純文学に弱いからなー」

亜蘭は、ため息をついてしまう。

「僕は白石先生のご本、中学と高校の時、よく読みました。瑞々《みずみず》しい文体に、一つ一つの単語が妙に心に刻まれますよね。でも今は僕、大河先生の大ファンです。世界で一番好きな作家さんです！」

吉井くん、えらいっ！

楓子さんは、吉井くんの手をぎゅっと握っている。

「吉井くん、私、頑張るわ。さっきシャンパンを飲んだ後、すごく調子よくて、二十ページくらい一気に書いちゃったの。今、話がどんどん展開していってるのよ！」

楓子さん、シャンパンのところだけ超小声で言った。しかし、聞き逃さない亜蘭さんは一瞬、吉井くんを睨んだが、すぐにまた反省モードに戻り、

「あの、では吉井クン、楓子さんをお願いね。あ、できれば吉井クン、ここに泊まっ

て楓子さんを監視、じゃなくて、応援サポートして差し上げてね」

にっこり笑って言う。相変わらず笑顔が板につかない人だ。

「はい、僕、そのつもりです。楓子さんの部屋、このホテルで一番広いスイートですから、寝室が二つあるんです。僕も泊まっちゃいまーす」

北條さんは、ちゃんと吉井くんのことも考えて予約をいれていた。いたれりつくせりだ。あるいは、コーちゃん自身が泊まりにきたかったのかもしれない。

と、この時、ご年配のウェイトレスさんが、ミルク色をした差し湯のポットを持ってきた。紅茶が濃くなりすぎたらお湯を足して、好みの味にするためだ。

「ありがとうございます。私、二杯目をいただこうと思っていたので、ちょうどよかったわ。少し薄めなきゃと思っていたの」

その言葉を聞いて、ウェイトレスさんが、アップルティーを楓子さんのカップに注ぐ。白のカチッとした詰襟の長袖ブラウスに紺のスカート、白の胸当てエプロンをしている年配の方だ。長い銀髪が後ろで一本の三つ編みにされている、笑顔も振る舞いも上品で、この薔薇窓ホテルならではの従業員さんだ。

「デコさま。デコさまはお小さい頃、濃いお紅茶を飲みたくても、お父さまがデコさまのカップにお湯をなみなみといれて薄められて……。ふふふ……紅茶のカフェインで、デコさまが夜、寝なくて困るんですって。あの本読んで、この本読んでって、夜おそくまでご両親さまにせがまれて……」

なんと、このウェイトレスさんまで楓子さんのことをご存じだった。しかも楓子さんのお父さまのことも、お母さまのことも……。

「えっ……!?　もしかしてマダム……M《エム》っ？」

「さようでございます」

楓子さんは、びっくりして立ち上がると、半分泣きそうになって年配ウェイトレスさんを抱きしめた。

「マダムM、ごめんね。私、ちっとも……気づかなかった……」

「いいえ……わたしもこの通り、年を取りましたので……。お久しゅうございます、デコさま。こんなに大きくなられて……」

マダムMも、楓子さんを抱きしめる。マダムMがこんなに小さな人だったことに、時の流れを感じずにはいられなかった。

「亜蘭さん、吉井くん。マダムMはここのメイドさんで、私が小さい時、両親が仕事で揃って出かけなくてはいけない時、私だけ、このホテルにいさせてもらって、マダムMがずっと私の世話をしてくれていたの……。今でいう、シッターさんのはしりよね？」

ああ……こんなお嬢さまだった楓子さんに『新宿魔法陣妖獣伝』を書かせている俺って、いったい……と、亜蘭はまた反省しきりだ。

＊

お茶の時間を終えると、亜蘭さんと吉井くんは編集部で会議があるらしく、一旦、神保町の翔岳館へと帰って行った。

楓子さんは部屋に戻り、書斎にこもると、また原稿を書き始める。

夏至に近いこの頃は、まだ日が長くて一日が有意義に使える。

書斎から見える庭園は少し曇りがかった夕日に照らされ、スプリンクラーで水を浴びた薔薇は、花びらについた水滴を宝石のようにキラキラ輝かせる。

楓子さんは、その眺めにくぎづけになる。

この薔薇園でマダムMとかくれんぼをしたこと、朝起きるとすぐ、勝手に一人で庭にでて、ベルボーイだった総支配人が慌てて捜しにきてくれたこと……。忘れているようで、色々なことを鮮やかに思い出す。

楓子さんは一旦パソコンから離れると、フランス窓を押し開き、自分が持ってきたつっかけを履き、黄昏の庭へと散歩に出かけた。

そこはカフェの反対側なので、宿泊客以外が勝手に入り込むことはなかった。車の音も聞こえてこない。ここが新宿区だと誰が信じるだろうか。

楓子さんが季節の花を愛《め》でながら庭をゆっくり歩くと、老紳士がベンチに腰かけている姿が見えた。

白石和豊——亜蘭が是非とも翔岳館で書いて欲しがったあの文豪だ。楓子さんが、せっかくの白石先生の散策の邪魔をしてはいけないと、また部屋に戻ろうとしたその時だった。

「白石先生ですよね？」

いきなり、年の頃六十過ぎ——紺のポロシャツにチノパンというカジュアルな服装の男性が、文豪に声をかけていた。

白石先生は、男性をチラリと見ただけで、特に何の返答もしなかった。

楓子さんは、この男性が先ほどのカフェでお茶をしていたのを覚えていた。他の客とは雰囲気の違う彼が、何か獲物を狙うような目で庭を見ているのが気になった。

「私は昔、『文芸桜蘭《おうらん》』で雑誌編集の仕事をしていた時、ちょうどロンドンから帰国していた先生にお目にかかったことがあるんですよ」

『文芸桜蘭』は、文芸誌の中でもかなりメジャーで、最近はなかなか人々が本を読まない時代にはなったが、文芸桜蘭は、今でも大勢の読者に支持されている。

直本賞を取る小説家は、たいがいこの文芸誌の出身だ。

「先生は、当時下っ端編集者だった私のことなんて、覚えていないでしょうが……私は覚えていますよ」

男は恨みがましい声で言った。

「私は今でも、あなたが亡き者にしたと思っています。淡瀬梅《あわせうめ》は母方の叔母でした。母親の違う妹だったそうですが」

白石先生は顔色を変えず、その男の顔をじっと見ていた。

「君は、どうやら人違いをしていると思うが……」

「いや……あなたは間違いなく白石和豊だ。私は五十年以上前、叔母の家を訪ねた時に、まだ大学生だったあなたに会っている。そして三十年ほど前、私が『文芸桜蘭』に勤めていた時、またあなたに出くわした。その時も、私は行方不明の叔母の事をきいたはずだ。けれどあなたは、その直後、うちで書くはずだった仕事を突然キャンセルし、二度と私たちの前に姿を現すことはなかった。私は社から、お前が白石先生の機嫌を損ねたと言われ、責任を取らされ、ずっと閑職扱いになって……結局、数年後には辞めざるをえなくなりましたけどね」

男は恨みがましく言う。

「君、いったい何のことだい？　人を呼ぶよ」

「呼びたいなら呼ぶがいい。呼ばれて困るのは、あなただろう？　いつも立場が危うくなると逃げだすんだ。そして、たまにこうやって帰国してくると、こういう瀟洒なホテルで息をひそめながらも、優雅に滞在しているわけだ。私はずっと、あなたのことを捜していた。今はネットがあるから、あなたが行きそうなホテルなんてすぐ見つけられる。なんたってこの薔薇窓ホテルは、あなたの色々な小説の舞台になっているからね。薔薇窓の閉館が決まれば、きっとあなたは戻ってくると思っていたよ」

男は執拗《しつよう》な物言いで、白石和豊をじりじり追いつめていく。

「いったいうちの叔母をどうしたんだ？　叔母のアパートの部屋は、硫酸で畳が焼けただれていた。あの時、お前にはいい縁談があったのだろう？　叔母を捨てて金持ちの家に婿養子に入るはずだったらしいな。なんたって先生は大学時代から、もうすでに小説家として未来を嘱望されつつあったからな」

「本当に申し訳ないが、君は人違いをしている。いったい何のことを言っているんだ？」

白石和豊は立ち上がって、杖《つえ》で男をけん制した。男が今にもつかみかかりそうだったからだ。

「お父さま〜〜？　まあ、こんなところにいらしたの？　そろそろ、お食事に行きましょうよ。私、お腹がすいちゃって……」

話をずっと聞いていた楓子さんが、二人の間に突然現れ、白石先生の腕をとった。そして、険悪な様子の男性の存在に、今気づいたようなふりをする。

「あらまあ、いやだ、ごめんなさい！　こちら、お父さまのお知り合い？」

「ああ……いや……ちがうんだ……どうやら人違いをされたようでね……」

白石が、楓子さんの話に合わせてくる。

その演技があまりにも自然で、つっかかってきた男性は一瞬ひるむ。自分はもしかして、とんでもない人違いをしてしまったのかと、バツの悪い顔になる。

「ねえお父さま、湿気も出てきたし、長居しては体にさわるわ。また節々がいたんでくるでしょう？　中に入りましょう」

楓子さんは白石と腕をくんだまま、自分の部屋へと連れていった。

いつか、どこかで

白石和豊は楓子さんの部屋に入り、近くにあったソファに倒れるように座り込むと、小さくため息をついた。

「先生、お茶いれましょうか。このホテル、どんなお紅茶でもあるんですよ。もう夕食前だから、ラプサンスーチョンなんてどうかしら。煙《けぶ》るような香りが夕方に似合うと思いません？」

楓子さんはキッチンカウンターの引き出しを開け、そこにずらりと並ぶ色とりどりのティーバッグを見てうっとりする。

「ありがとう……お嬢さんとは、どうやらこれが二回目のご縁ですな」

白石が言った。

「いえ、先生……実は三回目のご縁なんです」

楓子さんは言った。

「二十五年ほど前、旅行に行ったロンドンで先生にお会いしてます。ちょうど先生の新書のサイン会をあちらの老舗書店でやっていて、サインをいただきました。『ある日、ある街角で』の洋書版です。『Some day, at that corner』……。今でも私の宝物です。よく読み返すんですよ」

「そうでしたか……。二度目は、帝国ホテルの忘年会ですよね？　ありとあらゆる小説家の方々が一堂に会して……大盛況でしたね。私もその時ちょうど日本に帰っていて、珍しくあの集まりに顔をだしてました。人恋しかったのかもしれません」

「ええ。先生はお忍びでいらしてる様子で、どなたも先生の存在に気づいていませんでした。先生はあの時、胸ポケットにさしていたモンブランのペンを落としてしまって……拾おうとされたら、あまりの人混みに、どなたかがうっかりペンを蹴りとばしてしまって、どんどんペンが遠くに転がってしまって……私が拾ってきて、お渡ししたんですよね」

「そうそう……そうです……そうです。あなた、途中で男性にぶつかられて、せっかくのドレスに赤ワインがかかってしまって、あれは、本当に申し訳ないことをしたと思っています……」

「先生、そんなことまで、覚えていらしたんですか？」

楓子さんは驚いてしまう。十二年前の年末、楓子さんが絵本作家としてデビューした後の事だ。こんな絵本作家になりたての名もない自分にまで、翔岳館は忘年会の招待状を送ってくれて、楓子さんは嬉しくなって出かけていた。

「お詫《わ》びをしなければと思ったのに、お嬢さんは、大丈夫です大丈夫です、って言って、そのまま走っていってしまわれて。私はどうしたらいいものかと思っていました」

「いえ……あのパーティーは、あまりにもすごい人混みで、私もそろそろ帰らなきゃと思っていたんです」

ウナギとか、お蕎麦《そば》とか、お寿司とか、ローストビーフとか、ケーキとか、一通り食べちゃったし……お友達もいなかったし……。亜蘭さんには、完全にスルーされてたし……とまでは、楓子さんは言わなかったが……。

「では、改めてのお詫びに、今夜のディナーをご馳走させてください」

「ええっ！　この私が……尊敬する白石先生と、お食事させて頂けるんですかっ？」

楓子さんは緊張しつつも嬉しくて、この瞬間、ホテル・コンサントレの甚兵衛とステテコ、そして折れそうな業務用歯ブラシのこともすべて忘却の彼方《かなた》におしやった。

「あ、あの、申し遅れました。私、森野楓子と申します。翔岳館で洋書を翻訳したり、絵本とか……えっと、あの、ハードボイルドもチラッと書いたり……しています」

楓子さん、ＳＦバイオレンス・アクション・エログロ・超ハードボイルド作家であることを、かなり端折《はしよ》った。絵本とハードボイルド……対極すぎる。

「おや、楓子さんも物書きさんですか。あなたのキラキラした瞳、いかにもそれらしいですね。きっと夢のある物語を書かれてらっしゃるんでしょうね？」

夢のある、と言われて、ロドリゲス杉田《すぎた》を思い出し、楓子さんは苦笑いだ。

ロドリゲス杉田は『新宿魔法陣妖獣伝』の主人公で、エロでグロでやり方はきたないが、毎度無敵の活躍で読者の胸をすっとさせてくれる最高のキャラクターだ。

「では、七時に予約をいれておきます。ここの二階のフレンチ『La vie en rose《ラヴィアンローズ》』ではいかがでしょう？」

白石先生が、ニコッと笑ってそう言うと、楓子さんも笑顔でうなずいた。

La vie en rose……薔薇色《ばらいろ》の人生。

楓子さんの人生は今、薔薇色に輝きだしていた。

＊

午後六時五十分――。

旧日本帝国海軍好きの楓子さんは、昔の日本海軍の伝統であった『五分前精神』にのっとり定刻五分前に現地集合がモットーなのだが、そこからさらにいつも時計を五分進ませているので、午後七時の十分前にはレストランに到着していた。

このくらい時間に正確なら、原稿も締め切りまでにきっちり書いてほしいと、亜蘭さんも吉井くんも願うところだが、そううまくはいかないのが楓子さんの人生だ。

楓子さんは、コーちゃんがプレゼントしてくれた別のドレスに着替え、『ラヴィアンローズ』に登場だ。ドレスはクリーム色のシフォン。丈は長め、フレアーは最小限の広がりにおさえている。大きく開いた胸のまわりに、同じシフォン素材でできた透き通った薔薇が並んでいる。チョーカーはクリーム色の本物のミニ薔薇を、小さなグラスに閉じ込めたプリザーブドの花。コーちゃんセレクションは、甘すぎない一夜の大人の夢……がテーマになっている。

レストランは二階から三階までが吹き抜けになっていて、明かり採りの丸窓が、シャボンの泡のようにあちこちに造ってある。このホテルのいったいどこが、老朽化しているというのだろう。

白石先生は、庭園が見下ろせる窓際の最高の席に、すでに着席していた。

楓子さん以外のお客様たちも、皆がそれぞれにドレスアップして、ディナーの席についていた。今夜も満席だ。

大勢のお客様がいるのに、不思議なくらい静かな時が流れている。

「楓子さん、あなたのドレスは、まるでこのホテルのために仕立てられたかのようですね。美しい。とてもよくお似合いです」

白石先生は、楓子さんがやってくると、すぐにそう褒めた。

「ありがとうございます。これ、友人からのプレゼントなんです」

しかしこの時、楓子さんはまだ、ドレスを褒められた意味に気づいていなかった。

「楓子さん、ごらんなさい。あなたのドレスに薔薇窓の光が映ってますよ」

そう言われ、楓子さんが自分のドレスを見下ろすと、胸元からスカートにかけて、パープル、グリーン、ブルー、ピンク、レッドの光がはじけている。

センス抜群のコーちゃんが、楓子さんにこのクリーム色のドレスをプレゼントしてくれた理由《わけ》がわかった。ドレスだけではない。それまで楓子さんは緊張して、よく見えていなかったが、落ち着いてくると、目の前の白いリネンのテーブルクロスにも、色々な光がチラチラ踊っているのがわかった。

楓子さんはハッと顔を上げ、西側の壁を見る。すると、そこにはこのホテルの名前の由来でもある大きな薔薇窓があり、消えゆく西日を浴びて、レストラン内に魔法をかけていた。

「なんて綺麗なの……。そうですよね……このホテルは、この薔薇窓があってこそなんですよね……」

ゴシック建築である、直径一メートルほどの薔薇窓は今、万華鏡のような光を放っていた。朝でもなく昼でもなく、夕刻になると特にその存在感をしめし始める薔薇窓は、寂しさの募る黄昏時に、人々の心に温かな光となって現れる。

ステンドグラスで造られた円形の薔薇窓は、元は南フランスの片田舎の教会のものだったが、教会がダムに沈み、取り壊される時、薔薇窓だけが取りはずされ、それがめぐりめぐって、日本のホテルへと渡ってきた。

デザインは、中央に十字架、そのクロスしたところに深紅のバラ、その周りに十二個の薔薇形に窓がくりぬかれ、さらに外側にまた十二個のダイヤのような宝石形の窓、それぞれが色とりどりのステンドグラスとなり、見る人の目を楽しませる。

小さい時、何度も何度も見たはずの薔薇窓なのに、楓子さんは今、改めてこのホテルの薔薇窓の美しさに心が揺り動かされていた。けれど、この美しい輝きを眺められるのも今年いっぱい……。寂しさで胸がつまる。

そして、白石先生とのお食事が始まった。

オードヴル、そしてお魚料理《ポワソン》、次にお肉料理《ヴィアンド》。

ラヴィアンローズのフレンチは、日本人向けにあっさりとしていて、量もおさえ気味なので、白石先生を前にして胸いっぱいになっている楓子さんでも、一つ一つのお料理をフルコースで堪能できる。

楓子さんは、白石先生の作品をほとんど読んでいる大ファンなので、食事中の話題には事欠かなかった。白石先生がロンドンに居を構えていることも、大学時代をロンドンで過ごした楓子さんにとって、話が弾む一因となった。

食後のチーズ《フロマージュ》、そしてデザートを楽しみ、最後にデザートワインのソーテルヌを飲んでいる時、白石先生がぽつりと言った。

「その昔、私は……身寄りのない貧乏学生でしたが、そんな私にも、いつも寄り添ってくれる優しい人がおりました。大学を卒業して、小説家の仕事も少しだけ希望の光が見えてきた時、その人と結婚しようと約束していたのですが……ある日、彼女は忽《こつ》然《ぜん》と姿を消してしまいました。彼女も早くに両親を亡くしていて、母親ちがいのお姉さんがいることは聞いていたのですが……私はそのお姉さんには、お会いしたことがなくて……先ほどの男性は、そのお姉さんの息子さん、いわゆる私の婚約者の甥御《おいご》さんのようです……」

白石先生は、ここで初めて先ほど庭園でからんできた相手の話を始めた。

「さきほどの男性が言ったように、ある日、私が彼女のアパートを訪ねると、ドアは開いていて、部屋から異臭がして、慌てて中に入ると、畳が硫酸のようなもので焼け焦げていました。私はすぐに警察に通報しましたが、当事者の彼女がどうしても見つかりません。彼女は看護師で、勤務先の病院にも行きましたが、その日を境に仕事にも来なくなっていて……。私は失踪届を出しましたが、彼女の行方をつかむことはできませんでした……もう、五十四年になります……」

気の遠くなるような時間が流れていた。

あまりに衝撃的な話に、楓子さんはどう言葉をかけていいのかわからなかった。

「彼女だけが家族でした。今でもそう思っています。ですから私は誰とも結婚せず、今日まできました。先ほどの甥御さんは、私が裕福な家の婿養子に入ったとか、彼女が邪魔だったから亡き者にしたとか、とんでもないことを言っておりましたが……そのことで、私はしばらく週刊誌にあることないこと書かれ、それからはもう一切、自分のことを公にせず、小説を書き続けてきました。彼女のことは捜しました。お姉さんのことも捜し出しましたが、お姉さんは若くしてとうに亡くなられていました。彼女の友人も捜しましたが、やはり行方がわからないとのことでした。ただ……これは本当に嫌な話なのですが……彼女を好いていたらしい……同じ病院に勤務していた医師が……彼女がいなくなってから、ほどなくして病院もやめていて……彼もいまだに行方しれずなんです……」

それは、なんとも薄気味悪い話だと、楓子さんは顔を曇らせた。

しかし、亡骸《なきがら》のようなものが出てこない限り、警察は動いてくれない。

「あっ……すみません。こんな話、今まで誰にもしたことがないのですが、なんだかあなたと話していると、つい……。先ほど楓子さんが、私のことをお父さまと呼んで下さったので、本当にそんな気持ちになって……よく考えると、あなたくらいの娘が私たちにいたって、不思議はないのですが……」

私たち、という言葉が切なかった。

楓子さんは、今の気持ちを正直に話した。

「私は、父を十年ほど前に亡くしていて……今日は、先生とのお食事だから、最初はとっても緊張してたんですが、途中から父と話しているような気持ちになって、すごくなつかしかったです」

先ほどの甥御さんは、白石先生にすべての責任があるようなことを言っていたが、それはどうにも信じられなかった。

作品を読めば、先生がどのような人であるかは、わかる。消えてしまった彼女の面影がそこここにちりばめられていて、先生が今もその女性を求めているのがわかる。実際、先生は独身のままだ。

「この薔薇窓ホテルは、私と彼女の思い出の場所なんです。貧乏だった学生時代は、ここに宿泊するなんてとてもできませんでしたが、薔薇窓見たさに、彼女と、このフレンチの店に何度か食事に来たことがあります。その頃はまだフルコースなんて頼めなくて、お互い料理を一品ずつとるのが最大の贅沢でした。いつかフランスに旅行に行ったら、これよりもっと大きい薔薇窓のある、パリのノートルダム大聖堂に行ってみようとか、ランスの大聖堂もいいねとか、夢のようなことばかり語っていたのが、まるで昨日のことのようです」

「先生はまだ、その女性を捜していらっしゃるんですね……」

「捜してはおりますが……もうきっと、実際にお会いしても、わからないかもしれない。私だって、こんなに年を取ってしまった。それが辛いです……時間は残酷です」

「えっと……お名前は……淡瀬梅さんとおっしゃるのですよね……？　淡瀬って、珍しい苗字ですよね。今、おいくつくらいですか？」

「私より二つ下で、七十三です。二月の寒い中、梅が満開の頃、生まれたそうです。清楚《せいそ》な方でした……」

先生は左手の人差し指をこめかみにあて、何かじっと考えていた。

その先生の小指に、真鍮《しんちゅう》の指輪が鈍い光を放っている。

「先生……それ、もしかして、結婚指輪ですか……？」

楓子さんは、気になってたずねた。

「ああ……これね……恥ずかしいんだけど、五円玉で作ったんですよ」

先生は指輪をはずし、テーブルのリネンの上にのせた。左の小指は、そこだけ肌が白く、指輪の痕が残っている。きっと外したことがないのだろう。

「五円玉……ですか？」

大切なものであろうから、楓子さんはその指輪にはさわらないで見ていた。

「ホントは、いけないんですよ。〝金銭の偽造工作〟になるからね。でも当時、大学時代に、五円玉で指輪を作るのが流行ってね……。貧乏学生だった私は、友達に作り方を教わって、気の遠くなるような時間と労力をかけて、彼女と自分のために作ったんです。棒ヤスリで五円玉の穴をくりぬいて、穴を大きくしていく。あと、紙やすりで磨いたり、最後は布で全体をピカピカに光らせて……。何か月も何か月もかけて、今考えても、よくあんなことができたと思う……」

そう言う先生は、大学生みたいな顔になっていた。

「私もその頃は痩せていたから、この指輪を薬指にはめていたけど、今は指も節くれだってしまって、小指にしかはまらない」

ワープロもパソコンもない頃、すべて手書きで書いていた先生の指は、ペンだこだらけだ。先生はまた指輪を小指に戻す。誰が見てもそれが元五円玉とは思わないだろう。先生がはめると、真鍮もイタリアのイエローゴールドのように見える。

「梅さん、とても喜んだと思いますよ」

「ええ……いつもはめてくれていました……嬉しかったのかなあ……」

「嬉しかったですよ。絶対に嬉しかったわ……。私だったらきっと、一生、指にはめているわ」

と、その時、楓子さんの頭に、閃光《せんこう》のように何かがよぎった。

それが何だか、まだわからない。が、ミス・メープルのとんでもない記憶力が、その力を発揮しようとしていた。

「あの……先生、まだこちらにご滞在ですか？」

「ええ、そうですね……あと一週間ほど」

「そのあとは、もうロンドンにお帰りですか？」

「そのつもりです。このホテルがなくなれば、帰ってくる理由もなくなってしまう」

もうきっと、会えない。

「あの、私、先生にお会いできてよかったです」

楓子さんは、今きちんとお礼を言っておこうと思った。

「私も、楓子さんに会えて本当によかった。昔からよく知っているなつかしい人に巡り逢った気持ちです」

「あの先生、またお話を書いてください。私、先生の新作、ずっと待っています」

楓子さんは、心からそう望んだ。

「ありがとう……では、もし書けるようでしたら、楓子さんに一番に読んでいただきますね」

文豪は穏やかな笑顔で、楓子さんに約束をした。


その姿を柱の陰のテーブル席から、あやしげにじっと見ているのは、亜蘭と吉井くんだった。

「楓子さん、指切りしてますよね……。なんで楓子さんが、未来のノーベル文学賞受賞作家になるかもしれない人と、指切りしてるんでしょうね……。僕なんて、こんなに長い付き合いで、締め切りはいついつだから、この日までに原稿お願いしますねって約束しても、指切りなんて、してくれたことない……」

吉井くんは、昼間楓子さんが言っていたガレット料理を食べていた。飲み物はビールとレモネードをあわせたパナシェ。爽やかで甘くて、ついゴクゴク飲んでしまう。

「楓子さんって、思いもよらない人とすぐ仲良くなっちゃうんだよねー。あ、俺は楓子さんと相当長いつき合いだけど、ぜんっぜん、仲良くなれないけどね……」

亜蘭は、よく冷えたリンゴ酒《シードル》を飲んでいる。料理は吉井くんのマネをしてガレットだ。蕎麦粉をクレープのように薄く焼いて、その中にチーズ、生ハム、ズッキーニなどを入れ、閉じ込めている。外はカリカリ、中はブルーチーズがとろとろ、生ハムは新鮮で、ズッキーニがしゃきしゃき。

二人とも夕方には翔岳館に戻り、今冬の『ナイト・ハンター・ノベルス』のラインナップ作家を会議で選んだところだ。クリスマスには、全国で大河ショー和フェアをしようということも決めていた。二人とも疲れすぎて、フルコースをたのむ気にはなれない。ガレット単品でも、ラヴィアンローズは快くオーダーを受けてくれる。

そしてホテルに戻ってみたら、楓子さんは、まさかの白石和豊先生とディナーをしているので、亜蘭さんはびっくりを通り越し、頭がぼーっとしている。

「あの指切りって、どういう意味でしょう……。楓子さんって、父親くらいの年の人に弱いのかもしれませんね。『今度、改めて二人でデートしましょう』とか約束させられてるんですかね？　いや、違うな……『君、ロンドンの私の家に来なさい。君の面倒は一生僕が見るから、悪いようにはしないよ』とか言われてるんだ……」

吉井くんの短絡的かつ想像力の貧困な発言にもかかわらず、亜蘭さんは真っ青だ。

「なんで楓子さん、ロンドンに行っちゃうんだよ、ロンドンに行ったらもう、あの人は帰ってこないよ。そしたらタイガーショーはどうなるんだよ！　吉井、お前がさっさとホテルに帰ってこないから、楓子さんが、すごい文豪とできあがっちゃったじゃないかっ!!　お前、もう、会社やめろっ！」

「なんでですか、ひどい！　僕のせいじゃないですよっ、会議がタラタラタラタラ長いからじゃないですかっ!!」

「吉井……お前、今、俺の会議をタラタラタラタラ長いって言ったなっ」

「だって、もともと亜蘭さんが、楓子さんを『集中ホテル』に間違ってぶちこむからいけないんでしょうっ！」

半分レモネードとはいえ、パナシェを飲んでいる吉井くんは、若干……いや、かなり酔っている。

「集中ホテルのことは、もう言わないでくれっ。俺だって、今回はすごく反省してるんだっ」

亜蘭、珍しく目頭にハンカチをあてていた。

「まあ、吉井くん、亜蘭さん、こちらでお食事されてたんですか？　声をかけてくださったらいいのに」

その時、楓子さんがいきなり、吉井くんたちのテーブルに現れた。

亜蘭さんは、楓子さんの隣に立つ白石先生を見て、固まる。

「あの、白石先生、こちら私がお世話になっている翔岳館の亜蘭編集長と、私を担当してくれている吉井くんです。二人とも、とっても優しくて、私、すごく恵まれているんです。お仕事が楽しくて」

仕事楽しかったらもっと早く書け、と、厳しい亜蘭の心の声――。

「どうも初めまして。白石和豊と申します。あの、亜蘭編集長、どうぞ楓子さんをよろしくお願いします。とてもいいお嬢さんで……私、今夜は素晴らしい時を過ごさせていただきました」

人嫌いの先生だと思っていたが、非常に親しみのある人だった。
しかもダンディで紳士、綺麗な年の取り方をしている。
「あああ……は、はい……白石先生……か、楓子さんのことは、おまかせください。
翔岳館が全力でサポートしてまいりますので……えっと、それから、あのっ」
先生、いつか翔岳館でも書いてください——と続けたいのに、亜蘭、最後の部分は
もう言葉にならなかった。
「では、白石先生、行きましょうか」
楓子さんは、文豪の腕をとり、ラヴィアンローズを出て行った。
その二人の後ろ姿を見た吉井くんは、一気に目の前のパナシェを飲み干した。
「……楓子さんお願い……ロンドンに行かないで……白石先生が、一生面倒をみるっ
て言っても、信じてついていかないで……。僕……僕……楓子さんは、ちゃんと自分
で生きていける人だと思います。囲われるなんて、楓子さんらしくありません。白石
先生……お願い……囲わないで……楓子さんは僕らの楓子さんですから、っていうか
楓子さんは自由人ですから、誰も囲えませんっ！」
吉井くん、心の声のはずだったが、その声はダダ漏れで、亜蘭も横で聞いていた。
「吉井、楓子さんは今夜、白石先生の部屋にお泊まりだ。原稿はもう書かない……」

逆転の発想

肩を落とした吉井くんが楓子さんの部屋に戻ってきたら、書斎からパソコンのキーボードを打つ音が聞こえてきた。

「えっ？　大河先生っ、お仕事してらしたんですかっ！」

吉井くんの想像の世界では、楓子さんは今、白石先生の部屋で、ロマンチック街道を爆進しているはずだった。

しかし、書斎の扉を開けると、そこには机に向かう楓子さんが、コーちゃんのプレゼントのクリーム色のシフォンドレスを着たまま、パソコンに向かっていた。

「そっか……よかった……楓子さん、帰ってらしたんですね。えっと、あの……楓子さん、そのドレスも素敵ですね……コーちゃんさん、センスいいです」

吉井くん、とりあえずは楓子さんが、白石先生に囲われてロンドンに行ってしまうことはなさそうなので、ホッと胸をなでおろした。

「吉井くん。あのね、このドレスの胸元に、薔薇窓のステンドグラスの光があたって夢みたいに綺麗だったの。でも私、今、あのホテル・コンサントレの甚兵衛とステテコがあったら、もっと気楽にガンガン書いてたかも、って思ってる……あれ、確かに執筆には集中できる服よね。あんなにいやがって悪かったわ」

楓子さんは、あの甚兵衛とステテコに申し訳ない気持ちになっている。

「あの……それを聞いたら亜蘭さん、すごく喜びます。楓子さんを集中ホテルに間違って入れてしまったことを、すごく反省してましたから……」

それを聞いて楓子さんは、クスクス笑った。

今朝ほど大泣きしたことが、遠い昔に思える。

「でも結果的に、この薔薇窓ホテルに来られてよかったですよね。『集中』のコンサントレじゃなくて『星降る』コンステラに行ってたら、ここには来られなかったわけですから」

「ホント、そうよね。私もあのくらいのショックを受けないと、コーちゃんに電話しなかったし、コーちゃんじゃなきゃ、この薔薇窓ホテルに予約を入れなかったし、そしたらムッシュー浅沼《アシャムマ》にも、マダムMにも会えなかったのよ。当然、あの白石和豊先生にも会えなかったわ……。まさか今夜、一緒にお食事させていただけるとも思わなかったし……きっと知らないうちに、薔薇窓ホテルはひっそり閉館していて、行きたくても、もうなくなってたはずよ。よーく考えると、これってすべて亜蘭さんのおかげよね？」

　楓子さんは、またまた亜蘭さんに御恩を受けてしまった気がする。そしてさらにさらに頭が上がらなくなると思った。亜蘭はあれでいて、わりと他人の人生の運気を爆上げしてくるところがある。

「逆転の発想ですね。僕、そういう楓子さんの、人に対する優しいとらえ方、すごく好きです。……そうなんですよね、亜蘭さんってああ見えて、何だろう……ちょっとイジワルですけど、結構、人にいい運気ばらまいてるところありますよね」

　吉井くんも笑って言う。

「ウフフ……そうだわ、吉井くん、タカノフルーツパーラーのシャーベットを頂きましょう！　私、頭をすっきりさせて、今夜はガンガン書くわ！　マスカットがいーなー」

　楓子さんは改めて幸せそうだ。

「マスカットありますよー。すぐにお持ちしま～す」

　元気な楓子さんを見て、担当さんも幸せだ。

冷蔵庫に走った吉井くんは、フリーザーからマスカットのシャーベットと、自分用に、桃のシャーベットを取り出した。蓋をはずしてお皿にのせ、先生のもとへ運んでいく。

「はい、マドモワゼル・デコさま、マスカットです」

吉井くんはまだ若干酔っている。実はパナシェを二杯飲んでしまった。

「先生って、今でもマドモワゼルって感じですよね。総支配人は、マドモワゼル・デコって、呼んでいましたね。マダムMは、デコさまって呼んでた……。デコさまっていうのも可愛い呼び方ですね」

「もうとんでもなくいい年なのに……恥ずかしいわ……」

楓子さんは、顔を赤くする。

「ところで、『マダムM』って、なんでMなんですか？　Mってアルファベットの Mですよね？　英語読みでしょう？　マダムはフランス語で、Mは英語ですか？」

吉井くんは、あのお茶の時間から、ずっと引っかかっていたことを口にした。

「フランス語でも、Mはエムなのよ。英語と同じよ」

「へえ、そうなんですか。ほら、でもアルファベットのAとかは、アって発音しますよね？　ABCはアーベーセーですよね？」

「そうね……それより、そもそもなんで私、マダムMって呼んでたのかしら」

楓子さんは、マスカットのシャーベットを一口食べて、考える。

「Mで始まる苗字が、長かったんじゃないですか？　ミノリカワとか、ムシャノコウジとか……」

「なるほどね……やっぱり、吉井くんって賢いわね。すぐにミノリカワとか、ムシャノコウジとかいう長い名前が、ポンポン出てきちゃうのね」

楓子さんは、冷たいシャーベットを食べながら頭をフル回転させるつもりが、急になんだかトロトロ眠たくなってきた。

だって今日は、長い長い一日だったから……。

原稿だって頑張って、三十ページ以上も書いている……。

ふと見ると吉井くんは、となりのサロンのソファで寝落ちしている。桃のシャーベットは完食していた。

人が寝ている姿を見ていると、自分も睡魔におそわれる。楓子さんはほんのちょっとだけ、パソコンの前で顔をふせ……瞼《まぶた》を閉じたつもりが……。

ZZZZZZZZZZ……。

パソコン画面にZの文字が、おでこで連打されていく。

——ワタシ、楓子っていうの。みんなデコっていうから、デコってよんで。

——では私のことは、エムと呼んでくださいませ。

——M……？　……マダムM？

——いえ、アルファベットのMではなく、漢字で「恵」みの「夢」と書くんですよ。

——デコは、漢字がにがてなの……。

——そうでございましたか。では、マダムMにいたしましょう。私のことは、マダムMと呼んでくださいませね……。


そして朝が来て、元気な鳥の声で、吉井くんはソファから起き上がる。

「えっ……僕、またやっちゃってる。せっかく寝室があるのに……こんなところで寝ちゃって、もったいない……」

吉井くんはとなりの書斎を覗くと、フロアで倒れている楓子さんを発見する。

「うわ——っ、先生ごめんなさいっ、僕、先生が寝てるとは思わなくてっ！　ちゃんと寝室にお連れすればよかった——っ」

吉井くんの絶叫で、むっくり起きた楓子さんの横顔に、フロア・カーペットのガタガタした痕がついている。

「いいのよ吉井くん、気にしないで。それより、起こしてくれてありがとう。私、ちょっとシャワーを浴びて、着替えて気合いをいれるわ。そのあと、ご飯を食べに行きましょう。たっぷりのカフェオレとクロワッサンと、チーズとろとろのオムレツがいいなー。ああ、やっぱり薔薇窓ホテルはステキ……ここって元気もらえるー」

硬い床で寝ても元気をもらえることに、吉井くんは驚きだ。ソファで寝た自分は、それ以上に元気でなければいけないということになるが……。

楓子さんは、シフォンドレスのまま着替えを手にすると、バスルームに向かった。

♪ トゥルリラー、トゥルリラー ♪　と、聖子《せいこ》ちゃんの『野ばらのエチュード』が聞こえてくる。

吉井くんは、パソコン画面をチラッと見た。

恵夢、と書いてある。

……めぐむ……？

＊

「おはようございます、デコさま。昨夜はぐっすり眠れましたか？」

庭のテーブル席につくと、昨夜話題にのぼったマダムMが、すぐにしぼりたてのオレンジジュースを運んできてくれた。

「おはよう、マダムM。昨夜、マダムMのことを考えていて、そもそもなぜ私が、マダムMをマダムMと呼ぶようになったか思い出していたの。私、小さい頃、漢字が書けなくて……マダムのMが〝恵みの夢〟って書いてエムって読むことを教えてもらっても、漢字がわからないから、アルファベットで呼んでたのよね？」

楓子さんは、夢で思い出した名前のことを話していた。

吉井くんはこの時、楓子さんのパソコンに残されていた〝恵夢〟の文字の意味がようやくわかった。

「デコさまは、本当にご記憶がよろしくて驚きます……」

新宿の神楽坂だというのに、薔薇窓ホテルの庭にはスズメはもちろん、メジロやウグイスの鳴き声も聞こえている。薔薇の生け垣にくわえ、杉や樫《かし》などの高木があちこちに植えられているからだ。

「あの、マダムM、このホテルが閉館になったら、どうするの？　どこかに行っちゃうの？」

楓子さんは、悲しそうにたずねた。

「デコさま、私は独り身ですので、どうにでもなります。身軽なものです。今は、この近くのアパートに住んでいますけど、ここが閉館になったら、どこか田舎で暮らしてもいいと思って……。もう、年ですからね」

マダムMは吹っ切れたように言う。

「マダムM、また会いたいから、住所を教えて。私のも教えるわ。それで、いつでもうちに遊びにきて？　そうだわ、マダムMって、苗字なんていうの？　ちゃんと知っておかないと……」

楓子さんは改めて名前をたずねた。

「江沢《えさわ》と申します。江沢恵夢ですよ」

「江沢さんだったのね……でも、私にとっては、マダムMはこれからもずっと、マダムMね」

楓子さんは、オレンジジュースの下に敷いてある紙製のコースターを手に取ると、吉井くんからペンを借りて、そこに自分の名前と住所と電話番号を書いた。

それを手渡すと、マダムMは大切そうにエプロンのポケットに入れた。

マダムMが別のテーブルにオーダーをとりにいくと、つがいの鳥がやってきて、薔薇の生け垣の間で、可愛い声で鳴き始める。

スピスピスピ……スピスピスピスピ………。

「わ、スキスキスキスキって言ってる……何の鳥だろう……」

吉井くんは、感動してしまう。

「シジュウカラよ。春先は特に、うちの庭にもたくさんいるわよ。私にはスピスピって聞こえるけど、吉井くんにはスキスキって聞こえるの？　いいわね吉井くん、モテモテね」

楓子さんは、笑ってしまう。

「あれっ？　スキスキがひっくり返って、今はキスキス……に聞こえてきます」

シジュウカラにモテモテの吉井くんは、さらなる熱いラブコールを受けている。

その時、楓子さんがフッと無表情になった。その目は遠くを見ている。

何か考え事があったり、気になることに気づいたりすると、よくそういう表情になる。大河ショー和は今、ミス・メープルに変わっていた。

ミス・メープルはオレンジジジュースも飲まず、グラスについている水滴を使って、人差し指でガラステーブルの上に文字を書いている。アルファベットだ。

こういう時、吉井くんはやみくもに声をかけない。先生の考えを遮ることのないように、静かにしている。

それからミス・メープルは、アッと、左手で口を押さえた。

何かの発見に、驚きすぎて、声をだしてしまいそうになっていたからだ。

「あ、あの……先生、どうしました……？」

さすがに吉井くんは、心配になって声をかけた。

「吉井くん。あなた、やっぱりすごいわね……逆転の発想よ！　私の担当さんは、なんて賢いの。あなた、インスピレーションの塊ね！」

ミス・メープルは、吉井くんをまじまじと見つめる。

「えっ？　ぼ、僕が何かしましたか？」

「何かしたどころじゃないわよ。吉井くん、あなた、私のシンクタンクだわ！」

楓子さんは、立ち上がって言った。

これからクロワッサンやらチーズオムレツなどが運ばれてくるのに、ミス・メープルはもう、それどころではなかった。

と、その時──。

ガシャ────────ン!!

室内のカフェから、食器が派手に割れる不穏な音が聞こえてきた。

「やめてっ、やめてくださいっ、誰か────っ!!」

続いて若いウェイトレスさんの悲鳴──。

ただごとではない様子に、楓子さんと吉井くんは、急いで室内へと入っていった。

なんとそこでは、あの昨日の男性が、白石和豊先生にからんでいた。

先生の席のテーブルのクロスをはがし、そこに載っていた料理をぜんぶ、床に叩き落としていたのだ。

「あなた、やめなさいっ!!　白石先生、大丈夫ですかっ!」

吉井くんが、男と白石先生の間に割って入った。

先生はショックのあまり、立ち上がれない。

「あなた!　お父さまに何するのっ、やめてちょうだいっ!」

楓子さんは、男に大声で言った。

「はぁ!?　あんた、この男の愛人かなんかだろ?　父親のわけがないじゃないか。昨日はよくも俺を騙してくれたな!」

彼は昨日のことが納得できずに、改めてこの薔薇窓ホテルに舞い戻って、白石和豊に難癖をつけていた。

「あなたこそ、なぜ白石先生をしつこくつけねらうの？　あなたのお母さまの妹さんは、今なお行方不明かもしれないけど、亡くなってなんかいないわよ。彼女は生きている。身をひそめないといけない理由があったのよっ」

この楓子さんの物言いに、男はもちろん、白石先生も顔色を変える。

「いいかげんなことを言うなっ、あんたに何がわかるんだ？　梅叔母さんが生きているって、いったいどこで生きてるんだっ！　五十四年も経って、なんの連絡もないんだぞっ！　どこにも見つからないんだ。叔母の亡くなった真相は、この白石が絶対に知っているんだ。俺はただ、その真相が知りたいだけなんだっ。もうとっくに時効だから、お願いだから話してくれ――っ！」

男性は興奮のあまり、楓子さんに突っかかっていこうとしたが、吉井くんがすぐにその腕をつかんでやめさせた。

「うちの先生にさわるな！　警察を呼びますよっ！」

吉井くんが叫んだ。

「いえ、吉井くん、警察は待って。まだ呼ばないで！」

こんな乱闘騒ぎなのに、楓子さんは警察への通報を拒む。

しかし、駆けつけた総支配人は、スマホを手にしていた。

「浅沼さん、ちょっと待って。お願い、まだ通報しないで！」

楓子さんはホテル側にも、この騒ぎを警察沙汰にしないよう頼んだ。

「楓子さん、彼女が亡くなってないって、いったい何を根拠に、そんなことを言うんだい？」

楓子さんの確信的な言い方に、白石和豊は動揺していた。

「彼女は……生きてます……でも、もしかして、先生の前に姿を現せない……辛い事情があるのかもしれません。もしそうだとしたら、私は強引に彼女を見つけ出したくはないと思っています……。でもきっと彼女は……梅さんは、先生のことが今でも大好きです……忘れたことなんて、一度もなかったと思います……」

楓子さんの瞳から、涙がこぼれてくる。

その様子を見て、白石先生も、激高していた男性も押し黙ってしまう。

「だけど私には今、どうしていいのか……わかりません……」

楓子さんは、遠くにいるマダムMに気づき、目を伏せる。

するとマダムMが駆け寄ってきて、楓子さんの背中をそっとさすった。

「デコさま……デコさま、もう、よろしいのです……泣かないで……。デコさまは、お小さい時から、何でも見通してしまうようなところがあったから……。もう、私からお話ししますね……」

そう言って、マダムMも涙をこぼす。

「ごめんね、マダムM……だって私……思い出したの……マダムMは昔、いつ見ても右の薬指に真鍮の指輪をしてたって……。でも、今は外している。でも、白い指輪の痕は、残ってる。白石先生がご滞在の時は、外すのでしょう？　Mって、EMUって書くのよね？　逆にすると、UMEになるから……。淡瀬梅って、アルファベットを逆にすると、江沢恵夢……。マダムMにはどうしても言えない理由があって、ずっと身を隠していたのよね……？」

Awase Ume
Emu Esawa

楓子さんの言葉を聞いた白石和豊が、呆然とする。一瞬、フラフラッと倒れそうになった。

「梅ちゃん……?」

白石が、声を絞り出して言う。

「和豊さん……ごめんなさい。私……あの時、勤めていた病院の医師にずっとつきまとわれていて、和豊さんと結婚することを伝えたら……ある日突然、アパートにやってきて……」

ここでマダムMは、顔を強張らせ口ごもってしまう。

「あなたが、梅叔母さん……? でもあなたは……僕が知っている叔母さんの顔じゃないよ……」

甥は、穴のあくほどマダムMを見つめている。

「叔母さん、もしかして……その医師に……硫酸を、かけられたの……?」

甥は震える声できいた。

マダムMは、涙ながらにうなずいた。

「左頬から、首、そして胸にかけて……硫酸を……かけられて……」

言いながらマダムMは、その部分を手で押さえた。

楓子さんは、マダムMが一年中詰襟で長そでのブラウスを着ていた意味をようやく理解した。顔は整形で直せたが、胸や腕には、まだその時の痕が残っているのかもしれない。

「梅ちゃん、許してほしい……私は、何度も何度もここに来て泊まっていたのに、しかもあなたのことは、よく知っていたのに……気がつかなかった……。私はこの五十四年間、何をしてたんだろう……」

白石先生は、梅さんの前にやってくると、小さな梅さんを思いきり抱きしめた。

「あなたが、この薔薇窓ホテルがお気に入りで、きっとここに来られるだろうと思って、私は、看護師の仕事をやめて、薔薇窓にお勤めさせていただいていたんです。たまにやって来られるあなたの姿を見ることだけが、私の幸せでした……」

梅さんの告白に、白石はとうとう声をあげて泣いてしまう。

「そんな……白石先生、申し訳ありませんでしたっ！　私はとんだ勘違いをして、先生に何度も何度も無礼を働いて……どうか、どうかお許しくださいっ！」

甥である男は、白石の前で土下座をした。

「祐一《ゆういち》くん、ごめんね、私が悪いのよ。私が、早くあなたに本当のことを伝えていたら、こんなに心配をかけることはなかった。でも私、あの医師が怖くて……和豊さんにも何かするかもしれなかったし、もう自分の存在は、この世から消してしまうしかなかったの」

マダムMは、恐ろしい真実を告げた。

「僕は、母親を早く亡くしていたから……その母から、独りぼっちの梅叔母さんのことをよく聞いていて、梅叔母さんを守ってねって、ずっと言われていたのに……その叔母さんが忽然といなくなって、亡くなった母親に顔向けできなくて、あれからずっと捜してきたんです……でも、よかった……生きてたんだ……」

甥の祐一も、こぼれる涙をとめられない。

「梅ちゃん、話してくれていたら……私だって、あなたを全力で守ったよ。でも、私が頼りがいのない男だったから、こんなに長い間、あなたを苦しませて……」

白石先生が言った。梅さんは首を横に振る。

「いいえ……違うの。私……あの時もう、和豊さんに見せられないほど……あちこち皮膚が……ただれてしまって……。とてもお会いできなかった……あんな姿、見せたくなかった……」

「そんなこと……あなたの命が一番なのに……梅ちゃん……お願い……もう、どこにも行かないでほしい……どうか、残りの人生を、私とともに歩いてほしい。……お願いします……お願い……」

白石先生は、もう涙がとまらなかった。